Wellen, Strand
und Sonnenbrand

AF284043

Zum Buch

Endlich auf Kreuzfahrt! Lesen, entspannen, genießen.

Doch schon beim Ablegen läuft so einiges schief. Zwischen neureichen Familienausflüglern, influenzierten Instagram-Heldinnen und scrabblesüchtigen Rentnerpärchen finden sich Valerie und Donnie schnell in skurrilen Situationen wieder.

Das Ganze nimmt wahrlich ungewöhnliche Züge an, als sie Martina und Lars kennenlernen. Das junge Paar reist zum ersten Mal gemeinsam. Schnell wird klar, dass die beiden mehr als ein einziges Geheimnis mit an Bord gebracht haben.

Der Unterhaltungseffekt nimmt aber ein jähes Ende, als jemand vor Valeries Augen zu Tode stürzt. Und plötzlich befinden sich Valerie und Donnie selbst in Gefahr. Können sie den Täter identifizieren, bevor es weitere Opfer gibt?

Zum Autor

Jean-Pascal Ansermoz wurde als Schweizer im September des Jahres 1974 in Dakar (Senegal) geboren. Er ist einer, der mit Leichtigkeit über den Röschtigraben springt, schrieb er doch bis 2009 nur in französischer Sprache. Weltenbürger, Romand und Deutschschweizer in einem: ein Autor mit Hang zum Kriminellen, aber auch zu Poetischem, Literarischem, Alltäglichem und Besonderem.

Mehr Infos unter: **www.jeanpascalansermoz.ch**

Jean-Pascal Ansermoz

Wellen, Strand
und Sonnenbrand

Ein BuchCafé Krimi

© 1.Auflage 2022 *Jean-Pascal Ansermoz*

ISBN: 978-3-7562-2133-2

Herstellung und Verlag: BoD – Books on Demand, Norderstedt

Lektorat: Michael Lohmann, Worttaten.de
Foto Autor: Christian Baeriswyl, cbfotografie.ch
Umschlag & Satz: AZ Productions, Fribourg (CH)
unter Verwendung von zur Verfügung
gestellten Bildern der Costa Kreuzfahrten

Die Deutsche Nationalbibliothek verzeichnet diese Publikation
in der Deutschen Nationalbibliografie; detaillierte biblio-
grafische Daten sind im Internet über http://dnb.dnb.de
abrufbar.

Die Reise

Triest – Zadar – Dubrovnik – Korfu Stadt – Bari - Triest

Die Passagiere

Valerie Birbaum
Donnie O'Sullivan
Heinrich & Bernadette
Lars Hürner & Martina Briefer
Vanessa Schmidhäusler
Andreas Binz
Annegret Aeby und ihr Sohn Philipp

Die Crew

Markus Vonarburg – Kapitän der MS Deliziosa
Charly Baeriswyl – Sicherheitschef
Franziska Steiger – Sicherheitsbeamtin
Gabriela Binggeli – Tanzlehrerin
Christian Durrer – Sternekoch
Beatriz (Servicekraft Deck 2)
Magda Novak (Kroatische Kommissarin)
Dejan Matic (Übersetzer)

Unsere Special guests

Soko Norddeich 11
Ilona von Appelwiese & Hund Corona
Familie Boss und Pokémon

KAPITEL 1

Das Schwerste an einer Kreuzfahrt ist der Koffer. Auch wenn er nur vom Taxi zum Schiff bewegt werden muss. Ich bin kein Fan von langen Zugfahrten und deshalb nach fünfzehn Stunden Reise und vier Mal Umsteigen redlich bemüht, meine gute Laune nicht doch noch zu verlieren.

Triest ist trist.

Zumal an diesem einen Morgen.

Mir ist kalt und Donnies gute Laune nervte mich mehr als sonst. Ich mag Kreuzfahrten gar nicht. Verschwendung von Ressourcen. Untragbar für Klima, Umwelt und Gesundheit.

Ich klang langsam wie meine Mutter.

Nur noch sechs Tage.

Aber am meisten bin ich von mir selbst enttäuscht, weil ich nicht zu mir stehen konnte. Und jetzt stand der schwere Koffer neben mir und sah ebenso verloren zu wie unzählige kleinere und größere Fahrzeuge die ›MS Deliziosa‹ beluden. Das Spektakel erinnerte mich an einen Ameisenhaufen, dessen Königin das Schiff selbst war. Man entfernte Abfall, flickte, putzte und belud sie mit Nahrungsmitteln und Koffern und Luxusgütern, die dann auf hoher See teuer an Bord verkauft wurden.

Ich wusste nicht, wie Donnie das machte, aber da stand er plötzlich wieder neben mir und hielt mir einen Supersize-Kaffee-to-go mit diesem Lächeln entgegen, dem ich nicht lange böse sein kann. Er hatte Augenringe von der unruhigen Nacht und eine kapillare Unordnung, die vage an abstrakte Bilder erinnerten.

Das beruhigte mich. Heute Morgen vermied ich es tunlichst, in der engen Bordtoilette des Zugs in den Spiegel zu schauen.

Ich nahm einen ersten Schluck Kaffee und merkte sofort, dass ich die Bedeutung von ›richtig koffeiniert sein‹ auf dieser Reise nicht unterschätzen durfte.

»Weißt du, dass hier in Triest das Konfetti des einfachen Mannes erfunden wurde? Dem jungen Ettore Fenderl fehlten als Jugendlicher teure Konfetti und Rosenblätter, die er hätte auf den Karnevalsumzug herabregnen lassen können. So zerschnitt er buntes Papier und warf die kleinen Schnipsel aus dem Fenster.«

»Ist es manchmal nicht einfacher, gleich den Locher zu werfen?«, fragte ich sarkastisch.

Er sah mich irritiert an. »Na ja, vielleicht ist der Ettore deshalb Nuklearforscher geworden.«

Ich verdrehte die Augen. Donnie blickte zum Schiff hinüber.

»Zweitausendachthundertvierundzwanzig Passagiere und wir, über neunhundert Angestellte, siebzehn Decks.« Er zitierte die Fakten.

»Hauptsache, die haben guten Kaffee und eine Liege für mich auf dem obersten Deck.« Ich streckte mich in der kühlen Morgenluft und fragte mich zum x-ten Mal, ob es eine gute Idee gewesen war, meiner Mutter Bärbel die Schlüssel meiner Buchhandlung zu überlassen.

»Was kann schon passieren?«, hatte sie zum Abschied gesagt.

Nun ja, etliches.

Ich legte den Gedanken beiseite, warf aber trotzdem einen Blick auf den Bildschirm meines Handys. Keine Nachrichten.

»Wir sind in den Ferien, Val.« Donnie schaute mich nicht einmal an. Ich verdrehte die Augen.

»Und das hab ich auch gesehen.«

Im selben Moment überholte uns eine Limousine, die nur wenige Meter weiter zum Stehen kam. Ein behandschuhter Fahrer im Anzug stieg schwungvoll aus und öffnete die hintere Tür. Entstiegen dem Rücksitz hohe Absätze, gefolgt von in Strumpfhosen gehaltene lange Beine, ein kurzer Rock. Sie trug Sonnenbrille und Gucci-Handtasche. Ihre künstlichen Fingernägel blitzten selbst im Morgenlicht auf.

Ihr fehlte eine Hand, stellte ich hämisch fest.

Denn Hundeleine, Tasche und Handy machten den Ausstieg ein wenig komplizierter als nötig. Die dargebotene Hand des Fahrers fegte sie mit ungeduldiger Geste weg. Sie war mitten in einem Telefonat und konnte keine dreißig Jahre alt sein. Kaum stand sie auf sicherem Boden, unterbrach sie das Gespräch, grinste ins Handy und machte ein Selfie. Dann stiefelte sie, ohne sich umzudrehen, in Richtung des Schiffes davon. Ein kleiner Chihuahua in goldenem Mantel folgte ihr auf kurzen Beinen.

»Etwas solltest du noch über diese Reise wissen«, begann Donnie. »Ich habe diese Reise nicht wirklich bezahlt.«

Ich hob meine Augenbrauen. Er schüttelte den Kopf. »Ich habe sie gewonnen.«

»Aber das ist doch ge...!«

»Na ja, unter gewissen Bedingungen.«

»Die da sind?«

»Wir bekommen eine schöne Kabine, Zugang zu allen Bereichen, auch dem V.I.P.«

»Aber?«

Er machte eine schmerzliche Grimasse, bevor er weitersprach. »Wir müssen am Ende der Reise sagen, wie es war.«

»Was meinst du damit?«

»Einen kleinen Rapport oder so. Nichts Großes. Und Interviews müssen wir auch machen. Und Fotos. Eine Reportage halt.«

Bevor ich etwas erwidern konnte, überholte uns eine Familie in Einerkolonne. Vater mit größtem Koffer, Bermudashorts und Hawaiihemd voraus, gefolgt von einer eher pummeligen Frau im Jumpsuit und zwei Kindern unter zehn Jahren mit Baseballmützen. Auf der einen war Pikachu zu sehen, auf der anderen hieß es *BOSS*.

»Da sind wir. Ihr werdet sehen, das ist genial«, sagte der Mann.

»Ich hab Hunger«, sagte Klein-Pikachu.

»Wann gehen wir wieder nach Hause?«, fragte Boss.

Und das fragte ich mich auch gerade.

KAPITEL 2

Der Empfangsraum des Schiffes glich einem großen Chaos. Eine Gruppe von fünf Menschen unterhielt sich lautstark inmitten ihrer Koffer. Einer der Männer beklagte sich darüber, dass sie nicht Kabinen erhalten hatten, die sich auf demselben Deck befanden.

»Jetzt beruhige dich doch, Herbert«, beschwichtigte ihn eine eher rundliche Frau. »Das ist doch nicht wichtig.«

Wir umrundeten die Gruppe und ließen die telefonierende dreißigjährige Sonnenbrillenträgerin mit Chihuahua passieren. Sie ließ einen Hauch von süßem Versprechen und idealisiertem Klischee hinter sich zurück. Ein Page in Uniform scharwenzelte um sie herum wie eine Fliege um ...

»Valerie Birbaum? Donnie O'Sullivan? Willkommen an Bord.« Die Stimme gehörte einem lächelnden Gesicht, das sich anscheinend genauso köstlich über den Auftritt amüsierte wie ich.

»Ich bin Gabriela Binggeli und eigentlich die Tanzlehrerin hier. Aber Sie sehen ja, vor dem Ablegen ist jede Frau und jeder Mann hier gefragt.«

»Ist das immer so?« Ich sah dem Parfümsternchen nach.

»Nur an Tagen, die mit ›g‹ enden und mittwochs.« Sie lächelte.

»Darf ich fragen, wer ...?«

»Ilona von Appelwiese. Mit Hund Corona. Das ist spanisch und heißt so viel wie ›Krone‹.«

»Eine spanische Krönung in der Schweizer Woche also?«, fragte Donnie sichtlich aufgeheitert.

»Schweizer Woche?« Ich sah ihn mit gerunzelter Stirn an.

»Habe ich dir das nicht gesagt?«

Meine großen Augen sprachen für sich. Was hatte er mir denn noch verheimlicht?

»Das wird genial. Wie jedes Jahr. Und Fondue wird's auch geben. Wir haben Schweizer Equipage an Bord und auch Küchengenies wie Christian Durrer.«

»Der Sternekoch aus Luzern?«

»Genau der. Freu mich schon aufs Abendessen.« Binggeli zwinkerte mir vergnügt zu. »Aber jetzt zum Wichtigsten. Eure Kabine.«

Sie nahm eine Liste vom Tresen, ging sie durch. »Hier. Kabine 7329 auf Deck Ibisco.«

»Hibiscus?«

»Ja, alle Decks tragen die Namen von Blumen. Eigentlich ist es Deck 7.«

»Zwei Betten-Kabine?«, fragte ich sie, während ich Donnie ansah.

»Oh, natürlich. Zwei Betten, zusammengeschoben. Ihr werdet euch wohlfühlen.«

Sie langte über den Tresen und gab mir einen kleinen Briefumschlag. »Hier sind die Zimmerzugänge und die V.I.P-Zutritte. Und alle Informationen zu den diversen Essensmöglichkeiten, das Animationsprogramm ...«

»Entschuldigen Sie«, unterbrach sie ein traurig wirkender Mann der lauten Fünfer-Gruppe. »Ich bin Siggi und gehöre zu der Soko Norddeich dort drüben. Können wir mal die Kabinenplanung anschauen? Wir haben da ...«

»Ich bin da die falsche Ansprechperson, Siggi. Bitte wenden Sie sich an meine Kolleginnen hinter dem Empfangstresen.«

Er nickte und wirkte noch trauriger. »Die haben aber keine Zeit.«

»Wir legen in weniger als einer Stunde ab. Da gibt es immer viel zu tun, wie Sie sich sicherlich vorstellen können. Aber sind die Leinen einmal los, wirft man seine Sorgen meistens über Bord.«

Siggis Gesicht hellte sich kurz auf, bevor er zur Gruppe zurückging.

»So, habe ich was vergessen?«, fragte Binggeli.

»Wo gehts zum Deck 7?«

»Ach ja, die Fahrstühle befinden sich im Atrium, gleich dort drüben. Sie gehen von Deck 2 bis Deck 10. Und vergesst bitte die Tanzkurse nicht. Würde mich freuen, euch bei einer Salsa oder einem Tango begrüßen zu dürfen.« Sie zwinkerte uns verschmitzt zu.

Also vor allem Donnie. Nun ja, konnte mir egal sein. Ich hatte schließlich die Schlüssel zur Kabine.

Wir lösten uns aus der von Ilona verbliebenen süßen Parfümwolke und schoben uns an den Passagieren vorbei zu den Aufzügen.

Dabei umrundeten wir die kleine Familie.

Die Kinder saßen auf ihren Koffern. Boss trug weiße, kabellose Kopfhörer und starrte auf ein Handy. Die Mutter hielt sich am ausziehbaren Koffergriff fest. Automatisch blickte ich mich nach dem Rest der Familie um. Dank dem Hawaiihemd konnte ich den Vater an einem der

Empfangstresen sehen. Er war im Gespräch mit einem Mann, der die Uniform der Angestellten trug. Klein-Pokémon zog seinen Vater immer wieder am Arm.

»Das ging ja relativ schnell und unkompliziert.«

Donnie schnappte sich den Umschlag und wedelte damit herum, als wollte er Fliegen verscheuchen. Oder vielleicht einige der vielen Gäste, die sich auch hier neben den Aufzügen tummelten.

Ich widmete einen Augenblick dem Ambiente. Es wirkte veraltet. Das omnipräsente Rot-Gold-Braun und die Lichterreihen ließen das Ganze schwerfällig erscheinen, als befänden wir uns auf einem Filmset. Es erinnerte mich an Opern. Oder Casinos. Gegenüber der durchsichtigen Fahrstühle befand sich eine wellenförmige Bar mit schwitzendem Barkeeper, die von einem imposanten Balkon überragt wurde, der zu beiden Seiten durch eine lichterfrohe Treppe zu erreichen war. Einige der goldenen Barhocker waren besetzt. Menschen fotografierten vom Balkon her. Die gelben Loungemöbel bei den kleinen runden Tischen etwas weiter weg bestanden aus zwei zusammengefügten Hälften.

Wie unsere Betten?

Mitten im Atrium stand eine Skulptur, die mich stark an einen goldenen Hamburger erinnerte. Ich merkte plötzlich, dass ich noch nichts gegessen hatte. Um mich abzulenken, hob ich den Kopf und war von der Höhe des Raumes beeindruckt, konnte doch mein Blick über mehrere Stockwerke schweifen und die Aufzüge aus Glas auf ihren roten Sockeln beim Herumfahren beobachten. Alle waren besetzt, gingen auf und ab. Geduld ist bekanntlich das Vertrauen, dass alles kommt, wenn die Zeit reif dafür ist.

Aber eben nicht, wenn man hungrig ist.

KAPITEL 3

Ich weiß nicht, was ich erwartet hatte. Die Kabinen waren stilgerechte Echos der Dekoration im Atrium. Teppichbedeckter Boden, braune Möbel, braune Decke. Ich trat zwischen eingebautem Schrank und Zugang zum Bad in den eigentlichen Raum. Donnie machte die Lichter an. Ein großer Spiegel ein sich an die Wand schmiegender Tisch. Ein Fernseher. Sein 3:4-Format ließ Schlüsse auf das Alter der Einrichtung zu. Die beiden Einzelbetten standen tatsächlich beisammen. Da musste ich mit Donnie noch einmal diskutieren. Rostbraune Bettwäsche mit orangenen Motiven. Roter Hocker unter dem Tisch. Ich öffnete die Minibar. Sie war gefüllt.

Donnie war im Eingang stehen geblieben und ließ mir die Zeit, die ich benötigte. Ich drehte mich zum großen Fenster und dem Balkon, öffnete das Fenster. Zwei Stühle, ein kleiner

Tisch. *Cozy,* würden die Engländer entzückt sagen. Ich beugte mich über die Reling. Rund herum identische Balkone. Etwas weiter ragten größere aus der Bordwand.

Erst als ich zurück ins Zimmer trat, bemerkte ich die Couch aus rotem Leder, die der Einbauschrank geschickt zu verstecken wusste.

»Ach schau, Bernadette. Unsere Nachbarn sind auch schon da.«

Donnie drehte sich zum Flur um. Ein älteres Paar war stehengeblieben und linste an Donnie vorbei in die Kabine. Sie hatte ihre weißen Haare hochgesteckt und trug einen schwarzen Rock, der ihren zierlichen Körperbau nur noch unterstrich. Er hatte hellblaue Augen und trug einen buschigen Oberlippenbart. Beide waren Brillenträger.

»Schaut aus wie bei uns, meinst du nicht?«, sagte die Angesprochene.

»Tut es, tut es.«

Sie blickten uns abwechselnd an. Im folgenden Schweigen lagen unzählige Erwartungen.

»Ich bin Valerie.« Ich machte einen Schritt auf sie zu. Ihre Gesichter hellten sich sofort auf.

»Ich bin Bernadette und das ist mein Heinrich.«

»Donnie«

Wir schüttelten Hände.

»Dann sind Sie unsere Nachbarn?«, fragte ich.

»Gleich nebenan. In der 7327.« Heinrich lächelte gutmütig.

»Aber wir wollen nicht stören.« Bernadette berührte Heinrich am Arm. »Lassen wir die jungen Menschen ankommen.«

»Ja, das sollten wir.«

»Bis später.« Sie verscheuchte Heinrich von der Tür.

Später?

»Die sind bestimmt verliebt«, hörte ich ihn sagen.

»Ein schönes Pärchen. Da haben wir Glück gehabt.« Bernadette schien sich sicher.

»Ob die mit uns Scrabble spielen?«

Scrabble?

»Aber sicher, Heinrich. Wenn du nicht wieder zu schummeln versuchst.«

»Ich schummle nie. Ich kann doch nichts dafür, dass ich so viele Wörter kenne ...«

»... die andere nicht kennen? Ich weiß, ich weiß.«

Ich sah Donnie an, verdrehte die Augen. Bevor noch jemand den Flur entlang kam, schloss er die Tür. Jetzt, wo er neben mir stand, merkte ich, wie wenig Raum hier geboten wurde. Erschöpft ließ ich mich auf die Couch plumpsen. Ein kleiner runder Tisch stand davor. Ich versuchte, ihn zu bewegen, aber er war am Boden fixiert.

»Na, was sagst du?«, fragte Donnie. Es klang nicht überzeugt. Ich überlegte noch, was ich antworten konnte, als ich durch die offene Balkontür die Stimme Bernadettes hörte.

»Meinst du, die haben ihre Sachen schon ausgepackt?«

Ich machte Donnie große Augen. Er lachte nur, schloss auch die Tür zum Balkon. Der Raum unterschied sich nicht wirklich von einem klassischen Hotelzimmer. Ich stand auf, inspizierte das Bad, vermied es aber, allzu genau in den Spiegel zu schauen. Alles, was ich brauchte, war da. Um sicher zu sein, betätigte ich den Haartrockner.

Er funktionierte einwandfrei.

Als ich ins Zimmer zurückkam, lag Donnie auf einem der Betten. Er hatte sich die Schuhe ausgezogen und zappte mit der Fernbedienung durch die Programme. Da konnte ich nur den Kopf schütteln.

»Was ...?«, fragte er mit unschuldigem Gesichtsausdruck. »Wir sind in den Ferien. Schon vergessen?«

Ich begann mit dem Auspacken meines Koffers. Da Donnie keine Anstalten machte, sich auch mit seinem zu beschäftigen, schloss ich mich mit frischen Sachen im Badezimmer ein. Von einer Dusche träumte ich schon seit dem frühen Morgen.

Und das war sie dann auch.

Traumhaft.

Sie nahm die Müdigkeit von mir. Letztendlich konnte ich mich nicht wirklich beklagen. Ich war seit langer Zeit zum ersten Mal wieder in den Ferien, hatte Donnie für mich allein und sechs Tage vor mir, an denen ich nichts zu tun brauchte. Wir würden wunderbare Orte ansteuern. Dubrovnik zum Beispiel, die Perle im Süden Kroatiens oder auch Bari in Apulien, mit seinen zwei Häfen und dem Altstadtgassengewirr. Ich versprach mir, das italienische Flair so richtig auszukosten. Während ich mir die Haare zurechtmachte, kam die Freude zurück, und als Donnie anklopfte und mir sagte, wir würden bald ablegen, war ich bereit für ein neues Abenteuer.

KAPITEL 4

Lars und Martina lernten wir auf dem obersten der zugänglichen Decks kennen. Von dort gab es eine wunderbare Aussicht auf die *Stazione marittima*, die Hafenstation. Obschon das Wetter sich immer noch nicht von der Sonnenseite zeigte, gab das Deck einen wunderbaren Blick auf die Stadt frei.

Ein leichter Wind empfing uns, als wir nach draußen traten.

Martina mochte mein Alter haben und meine Größe. Sie trug ein Lachen in ihren blauen Augen, eine dunkle Windjacke, die ihr bis zu den Knien reichte und so gänzlich alles von ihr versteckte, inklusive Kinnpartie. Mit ihren schulterlangen Haaren spielte die Brise. Das Erste, was ich von ihr hörte, war ihr Lachen.

Und das war ansteckender als jedes Virus.

Donnie und ich wurden davon angezogen und kurz darauf standen wir neben den beiden.

Natürlich ging es nicht sehr lange, bis wir Bekanntschaft machten. Lars stellte sich als sehr bodenständig heraus, hatte sich seit wenigen Tagen nicht mehr rasiert, was ihm einen sehr männlichen Ausdruck verlieh, zumal sein Gesicht sehr kantig daherkam. Eine hohe Stirn und dunkle Augen, die etwas Geheimnisvolles umgab. Er trug blaue Jeans und eine braune Jacke. Ob sie aus echtem Leder bestand oder nicht, vermochte ich nicht zu sagen. Sie erinnerte mich jedenfalls an die Pilotenjacken aus dem Film ›Top Gun‹.

Die beiden mussten frisch verliebt sein, denn sie berührten sich ständig irgendwie. Wir erfuhren, dass das nicht nur ihre erste gemeinsame Reise, sondern überhaupt ihr erster Aufenthalt auf einem Kreuzfahrtschiff war.

Donnie anerbot sich, ein Bild von den beiden zu machen. Sie posierten mit Triest im Hintergrund, lächelten um die Wette.

Zu unserer Rechten gab es einen Hafen mit kleineren Schiffen, der mein Blick auf sich zog. Etwas weiter entdeckte ich unsere Familie Boss und Pokémon. Sie hatten ihre Mützen abgelegt, dafür trugen sie nun alle Jacken in unterschiedlichen Farben.

Donnie gab Lars seinen Fotoapparat zurück, als eine weitere junge Frau das Deck betrat. Lars runzelte kurz die Stirn, als er sie erblickte, und drehte sich dann abrupt vom Eingang weg. Mir war seine Reaktion nicht entgangen. Er hatte die Frau erkannt, was sie für mich nur noch interessanter machte. Sie schien ihn jedenfalls nicht gesehen zu haben.

Die junge Frau wirkte elegant, bewegte sich mit natürlichem Anmut. Trotz der eher schlechten Lichtverhältnisse trug sie eine Sonnenbrille und hatte ihre roten Haare hochgesteckt. Ein schöner Kontrast dazu bildete der grüne Mantel. Die junge Frau wandte sich zur anderen Schiffsseite, wo ich sie in den Menschen aus den Augen verlor.

Das Schiff setzte sich letztendlich in Bewegung und verließ langsam die Anlegestelle. Fasziniert schauten wir zu, wie das Monstrum aus dem Hafengelände gelotst wurde. Ein Hauch von Freiheit und Freude machte sich unter den Gästen bemerkbar. Manche wandten sich bereits anderen Aktivitäten zu.

Donnie und ich genossen den Augenblick. Ich sah ihm an, wie viel ihm das hier bedeutete. Sein Gesichtsausdruck bekam etwas Schelmisches, einen undefinierbaren Charme, der sich auch in seinen Augen widerspiegelte. In diesem Licht musste ich mir eingestehen, dass ich es weitaus schlimmer hätte treffen können. Aber war ich denn für eine Liebe bereit? Ich verscheuchte den Gedanken und tröstete mich mit der Tatsache, dass Donnie mir stets den Rücken freihielt und mir in jeder Situation ein Lächeln ins Gesicht zaubern konnte.

Nicht so wie Lars. Ich bemerkte, wie er mich heimlich beobachtete. Immer wieder spürte ich seinen Blick. Etwas Melancholisches umgab ihn, mit dem ich nicht klarkam. So war ich froh, als sich die beiden verabschiedeten. Wir beschlossen, uns am Nachmittag bei den Pools auf Deck 9 zu treffen. Ich sah ihnen nach, wie sie Hand in Hand ins Schiff zurückgingen.

Mich schauderte plötzlich.

»Was ist?«, fragte Donnie. »Ist dir kalt? Wollen wir reingehen?«

Ich schüttelte den Kopf und sah ihn erst dann an. »Nein, lass uns noch ein bisschen hier verweilen.«

Er sah mich kurz mit gerunzelter Stirn an, wandte sich dann wieder der Aussicht und seinem Handy zu. Während er Fotos schoss, blickte ich mich um. Die geheimnisvolle Frau war nirgends zu sehen. Was hatte es mit ihr auf sich? Lars hatte sie erkannt, aber Martina nichts gesagt. Daraus schloss ich, dass Martina sie vielleicht gar nicht kannte. Oder dass Lars nicht wollte, dass sie sie sah. Hatte er sich deshalb so abrupt abgewandt?

Diese Kreuzfahrt könnte tatsächlich interessanter werden als gedacht.

KAPITEL 5

Wir erkundeten gemeinsam die verschiedenen Stockwerke, begannen im Atrium, gingen durch das Casino, landeten beim geschlossenen Theater. Ein großes Plakat warb für ›*The Voice of the Sea*‹, einem abendfüllenden Gesangswettbewerb. Interessierte konnten sich beim Empfang anmelden. Bevor Donnie auf eine drollige Idee kam, stiegen wir ein Deck höher und kamen durch die Shop-Galerie zurück zu den Fahrstühlen. Mir war schwindlig von all dem Glanz, den Spiegeln und dem künstlichen Licht.

Es war an der Zeit, sich ein wenig auszuruhen.

Auf Zehenspitzen betraten wir unsere Kabine. Heinrich und Bernadette mussten nicht unbedingt wissen, dass wir wieder da waren.

Donnie nahm sich der Unterlagen an und so erfuhr auch ich, dass für uns am Abend ein Tisch im Hauptrestaurant auf Deck 3 bereitstehen würde. Es gab zwei Service. Uns erwartete man für den zweiten, was mir nur recht war. Wer will schon um sechs Uhr zu Abend essen?

Während Donnie sich die Schiffsgrundrisse auf der Karte ansah, nahm ich mir eine Cola aus der Minibar, ein Glas aus dem Badezimmer und setzte mich auf den Balkon. Es war wunderschön, das Meer vorbeigleiten zu sehen.

Eine Bewegung auf einem der größeren Balkone zog meinen Blick auf sich. Ein Mann trat rückwärts in mein Blickfeld. Ich musste ein zweites Mal hinsehen, ehe ich sicher war.

Dann trat auch Martina aus der Kabine.

Sie lehnte sich über das Geländer, blickte sich um. Instinktiv wandte ich den Blick ab, rutschte auf meinem Stuhl tiefer. Als ich wieder hinsah, machte Lars große Gesten. Er hatte mir immer noch den Rücken zugekehrt. Irgendetwas lief da schief. Martina stand mit verschränkten Armen vor ihm. Seine Gesten wurden immer fahriger, dann verschwand er drinnen. Martina wandte sich langsam dem Meer zu. Sie wirkte plötzlich sehr einsam.

»Hey, wir können von zwölf bis halb zwei zu Mittag essen.« Donnie streckte den Kopf aus dem Fenster. »Hast du Hunger?«

Hatte ich das?

»Können wir auch anderswo essen als an unserem zugeteilten Tisch?«

»Natürlich. Es hat viele verschiedene Restaurants an Bord. Inklusive Hamburger und Pizzeria.«

Er setzte sich zu mir, stibitzte mir mein Glas und nahm einen Schluck.

»Ich denke nur, dass wir das Hauptrestaurant noch genug oft sehen werden«, gab ich zu bedenken.

»Du hast recht. Wie wärs mit Pizza? Das gibts auf Deck 9. Mit ein bisschen Glück gibts einen Tisch am Fenster.«

Viel brauchte es nicht, um mich zu überzeugen.

Die Tische im ›Ristorante‹ standen auf derselben Art von Teppich, wie wir ihn in unserem Zimmer hatten. Blaue Decken, rote Stühle und italienische Lebensfreude erwartete uns. Es gab tatsächlich einen Vierertisch für uns am Fenster. Während wir auf das Essen warteten, setzte sich ein Mann an den Nebentisch. Allerdings nicht, wie es die Crew vorgesehen hatte.

Er nahm einen der beiden Stühle und stellte ihn so, dass er dem Meer gegenübersaß. Der

Mann war anscheinend unbegleitet, was ich zur Kenntnis nahm, als der Kellner ihm das zweite Besteck abräumte. Einmal seine Bestellung aufgegeben, sah er nur noch auf den Bildschirm seines Handys.

Ich biss in meine Pizza, als Lars und Martina auftauchten. Lars steuerte direkt auf uns zu.

»En Guete.«

»Danke, schon gegessen?«, fragte Donnie.

»Wollt ihr euch setzen?«, ludi ich die beiden ein. Ich hatte unzählige Fragen.

Lars blickte Martina an, die erfreut mit den Schultern zuckte. Er rückte ihr den Stuhl neben Donnie zurecht. Dabei erregte er die Aufmerksamkeit des Mannes am Nebentisch. Der blickte kurz zu uns, wandte sich seinem Handy zu und schaute dann überrascht wieder auf den Stuhl, den Lars mit einer Hand hielt. Dann runzelte er die Stirn und sah zu, wie Martina sich setzte und Lars ihr gegenüber Platz nahm. Neugierig suchte ich bei Lars den Grund für das plötzliche Interesse und bemerkte, als der sich seiner Serviette annahm, dass er einen goldenen Ring trug.

»Schöner Ring«, sagte ich. Er hielt in der Bewegung inne und betrachtete ihn kurz. »Gell?«

Ein Symbol war darauf zu sehen: ein Adlerkopf geflankt von Fackeln.

»Hab ihn von Martina erhalten.« Er streckte beide Hände über den Tisch und Martina nahm sie in die ihren. »Gehört eigentlich in Martinas Familie. Aber da wir zusammen alt werden ...« Er blickte sie verliebt an.

Die Bedienung lenkte uns von Martinas plötzlicher Gesichtsröte ab. Wir unterhielten uns, während wir aßen. Martina hatte keinen Hunger, Lars dafür umso mehr. Es war schnell klar, dass wir uns gut verstehen würden.

Irgendwann stand der Mann am Nebentisch auf. Anstatt sich jedoch dem Ausgang zuzuwenden, trat er kurzerhand an unseren Tisch.

»Bitte entschuldigen Sie diese unangebrachte Unterbrechung. Ich kam nicht umhin den Ring zu bemerken, den Sie tragen«, wandte er sich an Lars. »Dürfte ich ihn kurz sehen?«

Lars sah belustigt in die Runde, kam der Aufforderung aber dann nach. Der Mann betrachtete den Ring genau, drehte ihn hin und her, studierte die Gravur auf der Rückseite. Dann nickte er und gab Lars den Ring zurück.

»Danke«, sagte er nur und verließ den Raum, ohne sich noch einmal umzudrehen.

»Das war jetzt eigenartig«, sagte ich wie zu mir selbst.

Lars verstand es auch nicht, zuckte mit den Schultern und ass weiter. Martina sah dem Mann mit gerunzelter Stirn nach.

»Kennst du ihn?«, fragte Donnie sie.

»Noch nie gesehen.«

Natürlich spekulierten wir über den Vorfall, mussten aber schnell klein beigeben. Es endete in immer abstruseren Theorien, bis schließlich Zeit war, sich umzuziehen und zum ersten Mal dem Pool einen Besuch abzustatten.

KAPITEL 6

Mit Sonnencreme im Allgemeinen pflege ich eine gesunde Hassliebe. Manchmal mag sie mich, manchmal ich sie nicht. Und da uns ja nicht strahlend schönes Wetter erwarten würde, verzichtete ich darauf, mir eine Schicht aufzutragen. Das klebte sonst immer so.

Dafür hatte ich extra einen breitrandigen Sonnenhut dabei. Mit Sonnenbrille und einem großen Buch war das eine perfekte Tarnung. So schnell würde mich niemand mehr erkennen.

Angst deswegen machte ich mir vergebens. Das Deck war nur spärlich besetzt. Wir hatten die Wahl, wo wir uns niederlassen wollten. Etwas weiter weg, unter einem großen Bildschirm fand ein Fitnesskurs statt. Zwei große Sprudelbäder, ein mittelgroßer Pool komplettierten das Deck. Ich fragte mich, ob an heißen Sommertagen wirklich genügend Liegestühle vorhanden waren, um allen willigen

Feriengästen einen anbieten zu können. Der Pool war meiner Ansicht nach nicht wirklich groß.

»Hallo, ihr beiden!« Die Stimme gehörte Bernadette, die ein Stock höher an ihrem Heinrich rüttelte, als sie uns von oben erblickte. Sie winkte.

»Siehst du, Heinrich? Das sind unsere Nachbarn! Da unten.«

Heinrich war das ein bisschen peinlich. Er schaute sich verstohlen um und hob die Hand nur ganz wenig. Ich winkte zurück.

Lars saß bereits auf einer Liege und behielt weitere im Auge.

»Wo ist Martina?«, fragte ich und ließ eine Liege zwischen ihm und mir leer stehen.

»Sie braucht noch einen Moment«, sagte er. Seiner Mimik und seiner Intonation nach zu urteilen war das nicht das erste Mal.

»Bist du schon lange da?«

»Mindestens vier Stunden.« Er lachte, ich setzte mich.

Zwei Kinder spielten am Pool.

Ein Animator versuchte lautstark, die einzigen zwei Teilnehmer seines Kurse für seine Übungen zu motivieren. Die Bassline wehte zu uns herüber.

Donnie reichte mir die gemeinsame Tasche.

»Ich hab Durst«, sagte er.

»Gute Idee.« Lars stand behände auf und beide gingen in Richtung der Bar auf der gegenüberliegenden Seite.

Diesen Augenblick nutzte Martina, um zu uns zu stoßen. Sie hatte die weitgeschnittenen Kleider für einen schlichten Badeanzug eingetauscht und ich sah beruhigt, dass ich mich nicht für meinen Körper zu schämen brauchte. Sie hatte sichtbar die gleichen Problemzonen wie ich.

»Ist alles gut bei euch?«, fragte ich. Sie sah den beiden nach, runzelte die Stirn.

»Nicht immer einfach mit ihm. Er hat ... Charakter.«

»Wie lange seid ihr denn schon zusammen?«

»Bald vier Monate.« Sie lächelte.

»Und zum ersten Mal Tag und Nacht zusammen?«

Sie nickte. »Warum fragst du?«

Sollte ich ihr etwas sagen?

»Ich habe euch auf dem Balkon gesehen.«

Da sie nichts erwiderte, meinte ich, mich rechtfertigen zu müssen. »Unsere Balkone geben auf dieselbe Seite.«

»Du kennst das ja sicher. Man ist nicht immer derselben Meinung.«

Kannte ich das?

»Wir sind nicht zusammen, Donnie und ich.«

»Nicht?« Ihre wachsamen Augen trieben mir die Röte ins Gesicht. »Solltet ihr aber. Ihr gebt ein schönes Paar ab.«

Ich wich ihrem Blick aus, suchte Halt im oberen Stock. Und da war er, der komische Mann aus dem ›Ristorante‹. Er stand am Geländer, rauchte eine Zigarette und sah zur Bar hinüber, wo Donnie und Lars standen. Martinas Blick folgte meinem.

»Ist das nicht ...?«, fragte sie.

»Ist er. Spionierte er Lars nach?«

»Wieso sollte er?«

»Der Ring. Er schien ihn erkannt zu haben.«

»Der Ring hat nichts mit Lars zu tun. Er gehörte meinem Großvater.«

Ich nickte nur, während der Mann seine Zigarette am Geländer ausdrückte und aus unserem Gesichtsfeld verschwand.

Unsere Männer kamen mit wunderschönen Cocktails zurück, deren Farben uns auf andere Gedanken brachten. Donnie hatte für mich perfekt gewählt. Martinas Worte kamen wie ein

Echo zurück. Aber wäre ich denn für eine neue Liebe bereit?

Martina begann in einer übergroßen Tasche zu wühlen. Dann schüttelte sie den Kopf.

»Habe meine Sonnencreme vergessen. Ich muss noch einmal in die Kabine zurück.« Sie stand auf und streifte ein schlichtes Kleid über.

»Ach ne, musst du jetzt wirklich ...?«

Martina warf Lars einen mit zwei hochgezogenen Augenbrauen eingerahmten Blick zu. Er beendete seinen Satz nicht.

»Ich komm mit«, sagte ich schnell.

Ihr Zimmer lag näher an den Aufzügen als unseres. Es gab drei Grand Suiten und zwei kleinere. Sie hatten sich in der 7315 einquartiert.

Martina holte die Bordkarte hervor und wollte sie in den dafür vorgesehenen Schlitz im Türgriff schieben, als die Tür nachgab.

Überrascht sahen wir uns an.

Mit einer Hand schob ich die Tür vorsichtig auf. Mein Blick fiel auf am Boden liegende Kleider, ausgeleerte Schubladen und offene Koffer, die man achtlos hingeworfen hatte.

Ihrem Gesichtsausdruck nach zu urteilen, überraschte Martina das Chaos genauso wie mich. Sie war blass geworden.

Ich wagte einen vorsichtigen Schritt ins Zimmer. Aber da gab es keine Zweifel mehr. Die Kabine war gründlich durchsucht worden.

KAPITEL 7

»Und Sie sagen, es fehle nichts?« Der Mann, der die Frage stellte, hatte sich mit dem Namen Charles Baeriswyl vorgestellt, Charly für seine Freunde. Den Sicherheitsverantwortlichen des Schiffes begleitete seine rechte Hand Franziska Steiger.

Martina sah sich etwas verloren um. »Nichts, das ich auf den ersten Blick ...«

»Wo haben Sie Ihre Wertsachen?«

»Im Tresor.«

»Dürfte ich Sie bitten, den zu kontrollieren?«

Lars nickte und öffnete mittels Code den Safe. Er ging die Sachen kurz durch. Dann schüttelte er den Kopf. »Ist alles da.«

Wieso hatte ich das Gefühl, dass er innerlich wütend war? Baeriswyl und Steiger sahen sich kurz an.

»Wie ist es möglich, dass jemand in die Kabine eindringen kann?«, fragte ich.

»Nun, das kommt öfters vor, als man denkt. Manchmal reicht es, das Zimmermädchen zu fragen. Aber wir klären das ab«, antwortete Steiger.

»Bitte nehmen Sie sich Zeit und teilen Sie uns mit, falls etwas fehlen oder etwas beschädigt sein sollte.« Baeriswyl ließ seinen Blick noch einmal über das Chaos gleiten.

»Wir helfen euch«, anerbot ich mich. Steiger nickte und verließ mit ihrem Vorgesetzten die Kabine wieder.

Martina stand immer noch verloren da, während ich Kleider vom Boden aufhob. Lars nahm sie mir ab. »Wir machen das schon.«

»Aber ich könnte ...«

»Ich sagte, wir machen das schon.« Der scharfe Unterton ließ mich innehalten. Ich machte eine gequälte Grimasse, suchte Donnies Blick. Dann nickte ich.

»Wie ihr wollt. Wir sind dann am Pool.«

Donnie ließ mir den Vortritt und gemeinsam verließen wir das Zimmer. Ich warf einen letzten Blick auf Martina, die Lars ansah, bevor er die Tür hinter uns schloss.

»Das war jetzt wirklich ungewöhnlich.«

»Aber verständlich«, sagte Donnie.

Ich blieb im Flur stehen. »Verständlich?«

»Valerie, hättest du Freude daran, dass jemand Fremdes deine Sachen anrührt?«

»Wir sind keine Fremden. Immerhin haben wir ...«

»Valerie?«

»Ist ja gut.« Ich stapfte an ihm vorbei zu den Fahrstühlen. »Und ja, du hast recht. Ich würde mich auch nicht darüber freuen.«

»Was mich mehr beunruhigt ist Lars' Reaktion«, sagte Donnie.

»Als wäre er wütend?«

»Nicht ›wäre‹ Valerie. Lars ist sauer.«

»Aber warum?«

»Vielleicht weiß er, was es mit dem Einbruch auf sich hat.«

Der erste Aufzug fuhr an uns vorbei, ohne zu halten.

»Meinst du, es hat mit dem Ring zu tun?«

»Könnte sein. Obschon der nicht ihm gehört, wenn ich das richtig verstanden habe.«

Ich erzählte Donnie, dass ich den Mann aus dem ›Ristorante‹ eben am Pool gesehen hatte.

»Und in dieser kurzen Zeit ist es ihm gelungen, in die Kabine einzudringen und sie so zuzurichten?«

»Vielleicht hatte er einen Komplizen und stand Wache.«

»Da müssen sie aber etwas Wertvolles gesucht haben.«

Die Lifttüren öffneten sich. Donnie lud mich mit einer Geste ein, als Erste einzutreten. Zwei Frauen waren schon anwesend. Sie musterten mich kurz, Donnie etwas länger.

Mir fiel die Szene beim Ablegen wieder ein. Wie Lars diese Frau erkannt hatte. Obschon mir die Information auf der Zunge brannte, wartete ich, bis wir den Aufzug auf Deck 9 wieder verließen.

Donnie hörte mir konzentriert zu. »Ich bin sicher, es gibt eine simple Erklärung für das alles«, sagte er nur.

Simple Erklärung?

»Da ist was faul, Donnie.«

»Wir sind im Urlaub, Valerie.«

»Wir sind im Urlaub«, äffte ich ihn nach, nahm mein Cocktailglas und leerte es in einem Zug. Das Getränk war warm geworden. Und viel zu süß. Ich verzog das Gesicht, was Donnie aufheiterte.

»Ich hole uns neue.«

»Aber nimm mir etwas anderes bitte.«

Er zwinkerte nur und trollte sich zur Bar.

Ich musste mich erst einmal setzen.

Mir war plötzlich schwindlig und für einen Moment schloss ich meine Augen. Nur einen kurzen Augenblick.

Als ich sie öffnete, war Donnie immer noch an der Bar gegenüber. Menschen gingen um mich herum. Ich ließ meinen Blick schweifen. Und dann sah ich sie wieder, die Frau, die Lars erkannt hatte. Sie ging keine fünf Meter an mir vorbei, trug ein Bikinioberteil und hatte sich einen Pareo um die Hüften gebunden. Ein Strohhut bedeckte ihren Kopf, die Sonnenbrille saß auf der Nase und eine große Strandtasche hing an ihrem Arm, die durch eine große Sonne auffiel, die in einem kitschigen Meer unterging. Zwei Palmen hatten es auch auf das Logo geschafft.

Bevor ich mich entscheiden konnte, ob ich ihr folgen oder auf Donnie warten sollte, war sie auch schon weg.

Zeitgleich mit den Cocktails stieß auch Martina wieder zu uns. Sie wirkte besorgt.

»Schon fertig?« Mir war immer noch ein wenig unwohl zumute. Ich nahm einen großen Schluck vom kühlen Getränk, das mit einer augengefälligen hellblauen Farbe aufzuwarten wusste. Ich schmeckte Kokosnuss und Ananas.

»Wo ist Lars?«, fragte Donnie.

Traurigkeit huschte über ihre Gesichtszüge, dann lächelte sie schwach und setzte sich. »Er wollte noch etwas klären.«

»Etwas klären?« Ich sah Donnie an.

»Mehr hat er nicht gesagt.«

»Martina, darf ich dir eine Frage stellen?«

»Aber klar.«

»Bist du glücklich mit ihm?«

Sie überlegte kurz. »Eigentlich schon.«

»Eigentlich?«

»Nun er war es, der diese Reise organisiert hat. Und ich bin ihm dafür sehr dankbar. Aber seit wir an Bord sind, schwanken seine Gefühle extrem. Ich hab ihn noch nie so erlebt.«

»Er war vorhin wütend. Weißt du, warum?«

»Weil jemand unsere Kabine durchwühlt hat vielleicht?«

»Aber warum macht sich jemand überhaupt die Mühe, eure Kabine auf den Kopf zu stellen?«

Sie zuckte mit den Schultern.

»Warum nicht die nebenan?«

»Keine Ahnung.«

»Darf ich dir auch eine Frage stellen?«, fragte Donnie.

Sie sah zu ihm auf. »Natürlich.«

»Was möchtest du trinken?«

Ein Lächeln huschte über ihr Gesicht. »Ich lass mich gern überraschen.«

»Den Cocktail kenne ich.«

KAPITEL 8

»Also ich weiß nicht, aber da ist etwas faul.«

»Ach, komm schon. Das sagst du immer.« Donnie ließ sich mitsamt Badehose auf sein Bett plumpsen, während ich mich ins Badezimmer verabschiedete. Der Spiegel bestätigte, was ich schon befürchtet hatte: Ich würde in den kommenden Tagen mit der Sonne auf Kriegsfuß stehen. Ein Teil meines Rückens und meine Schultern leuchteten rot im künstlichen Licht. Ich berührte eine besonders glühende Stelle und zuckte zusammen. Vorsichtig zog ich mein Bikini aus, betrachtete die weißen Markierungen auf meiner Haut.

»Sein Verhalten ist unüblich. Das sagt sogar Martina. Und es sind gleich sehr viele Sachen, die ... hörst du mir überhaupt zu?«

»Ja, mein Schatz.«

Schatz? Ich schnitt der Valerie im Spiegel eine Grimasse.

»Die Frau auf dem Deck?«, fragte ich.

»Zufall. Es sind viele Menschen an Bord. Zudem ist Schweizer Woche.«

»Und was will dieser Mann vom ›Ristorante‹ von ihm? Kennt Lars ihn?«

»Das glaube ich nicht.«

»Die Kabine?«

»Ein Punkt für dich.«

»Nur ein Punkt? Ich muss mehr darüber wissen.«

»Valerie, wir sind in den Ferien.«

Ich schlüpfte unter die Dusche. Das warme Wasser brannte auf meiner Haut. Ich verstand nicht, warum das Donnie nicht interessierte. Irgendetwas stimmte mit Lars und Martina nicht und ich war gewillt, das herauszufinden.

Langsam klang ich wirklich wie meine Mutter.

Und Martina tat mir leid.

Aber wo setzte ich am besten an? Vielleicht beim Fremden? Wer war er? Oder der Frau? Oder vielleicht mit dem, was Lars ›abklären‹ wollte, nachdem ihre Kabine durchsucht worden war?

Einmal umgezogen wusste ich zweierlei.

Erstens.

Es würde noch weitere Vorkommnisse geben. Fehlte tatsächlich nichts in der Kabine, hatten der oder die Eindringlinge nicht gefunden, wonach sie suchten. Fehlte etwas, dann log entweder Lars oder Martina. Oder beide.

Zweitens.

Ich musste unbedingt eine Creme besorgen.

Einmal die Haare gemacht, wollte ich das Badezimmer Donnie überlassen. Der machte aber keine Anstalten aufzustehen. Der Fernseher lief wieder.

»Wir sind in den Ferien, Valerie«, sagte er nur, was mich nur noch mehr irritierte. Ich biss mir auf die Lippen, zumal er nicht einmal vom Bildschirm aufblickte, als er das sagte. Es war an der Zeit, mich um meinen Sonnenbrand zu kümmern. Vielleicht hatten die ja was in der Shoppingmeile. Ich meinte, mich an einen Kosmetik-Laden zu erinnern.

Für einen kurzen Augenblick stand ich einfach so da. Dann nickte ich, nahm Schlüssel und Portemonnaie an mich.

»Ich gehe mal für eine Creme schauen. Wartest du hier auf mich?«

»Aber klar.« Diesmal schaute er mich an. »Soll ich mitkommen?«

Ich schüttelte den Kopf. »Das schaff ich allein.«

»Wie du meinst.« Schon hatte der Bildschirm wieder seine Aufmerksamkeit.

Als ich die Tür hinter mir geschlossen hatte, war ich wütend auf mich selbst. Es wäre schön gewesen, zusammen zu gehen. Wieso konnte ich nie sagen, was ich wollte?

Ich wählte den Flur zu den mittleren Aufzügen, der mich an der Kabine von Lars und Martina vorbeibringen würde.

War das vielleicht auch der Grund, dass ich meine Gefühle für ihn nicht zuließ? Natürlich, er war jünger als ich, aber ...

Gedankenverloren bog ich um die Ecke und wäre beinahe mit jemandem zusammengestoßen.

»Entschuldigung«, stammelte ich, sah verlegen zu Boden.

»Aber keine Ursache.« Der Mann schien es mir nicht übel zu nehmen. »Kennen wir uns?«

Jetzt sah ich auf. Vollbart, kurze Haare, helle Augen, markantes Kinn, gut gebaut, zwei Köpfe größer als ich, Träger von Bermudas und einem T-Shirt mit Hirsch-Logo, ein Badetuch um den Hals, und meine Wangen plötzlich röter als mein Rücken.

»Äh nein, nicht das ich wüsste.«

»Das ist schade«, sagte er lächelnd.

Schade?

»Wie auch immer, ich muss weiter.« Mit dem Daumen zeigte ich über meine Schulter.

Er blickte kurz in die Richtung. »Alles klar. Vielleicht ein andermal?«

»Ja vielleicht.« Ich lächelte schwach, drehte mich um.

Dann drehte ich mich wieder um.

War das ...?

Der Vollbärtige sah mich freudig überrascht an. »Hast du dir's anders überlegt?«

Ich schüttelte den Kopf, nahm meinen ganzen Mut zusammen und drehte mich erneut um. Angst, erkannt zu werden, hatte ich vergebens. Der Mann vom ›Ristorante‹ war mittlerweile in der Tür zu seiner Kabine verschwunden. Als ich an ihr vorbeiging, merkte ich mir die Nummer.

7311.

Der Mann bewohnte die Kabine neben Lars und Martina.

KAPITEL 9

Martina sah nicht hübsch aus, wenn sie die Stirn runzelte.

»Und du sagst, der Mann wohnt gleich nebenan?«

Ich nickte eifrig und zog am Strohhalm. Dieser Cocktail würde mein Liebling werden, keine Frage. »Ich frage mich, warum jemand, der allein reist, eine Suite für sich beansprucht.«

»Wieso nicht?«

Ich zuckte mit den Schultern. »Wo ist Lars?«

Martina ahmte meinen Tonfall nach. »Ich weiß es nicht.«

»Wie … du weißt es nicht?«

»Er hat gesagt, er würde zu uns stoßen.«

Ich sah auf die Uhr. Fünf vor acht. »Für den Apéro ist er zu spät.«

Martina lächelte matt. »Solange er unseren Tisch findet.«

»Was war denn so Dringendes zu machen, dass er die Zeit lieber anderswo verbringt?«

»Wenn ich das wüsste. Er sagte, es galt etwas zu klären. Er habe jemanden auf dem Schiff erkannt.«

»Aber du weißt nicht, wen er damit meinte?«, fragte Donnie.

Sie schüttelte den Kopf, trank ihren Cocktail fertig. »Nö.«

»Das scheint dir aber nicht gerade Kopfweh zu bereiten«, lenkte ich ein.

Sie sah mich kurz an und in dem Augenblick spürte ich ihre Enttäuschung. Sie hatte sich etwas anderes vorgestellt. Aber da war noch etwas.

Verbitterung?

»Was sollte ich deiner Meinung nach denn tun? Ihn in die Kabine einschließen?«

Ich wechselte einen Blick mit Donnie. Die Stimmung würde gleich kippen.

Er lächelte sanft. »Ich bin sicher, dafür gibt es schon bald eine einfache Erklärung. Was meint ihr, wollen wir langsam zum Restaurant aufbrechen?«

Ich stimmte ihm zu und so verließen wir die Bar in Richtung des Restaurants auf Deck 2 für Martina und Deck 3 für uns. Ich wünschte mir innerlich, dass Lars bereits an ihrem Tisch saß. Mit einem riesigen Blumenstrauß. Sie hatte nämlich nichts anderes verdient.

Wir verabschiedeten uns fürs Nachtessen.

Unser Zweiertisch stand neben einem größeren, an dem eine ältere Dame und ein jüngerer Mann saßen. Sie fielen mir durch ihre Gegensätzlichkeiten auf. Sie saß aufrecht. Aus ihren Gesten sprach Anmut, aus ihren Augen Stärke. Eine goldene Brosche zierte ihre blauweiße Bluse. Er saß im schwarzen T-Shirt mit langen, fettig wirkenden Haaren daneben, blickte nicht auf, als wir ankamen.

Ich grüßte mit dem Kopf, was die ältere Frau erwiderte.

Der Vorteil unseres Tisches war die Aussicht. Von hier oben sahen wir in den darunter-gelegenen Teil des Restaurants. Der Saal war übervoll und Martinas Tisch in der Menge nicht auszumachen.

»Das wird schon«, sagte Donnie.

Ich sah ihn skeptisch an.

Es wurde ein schöner Abend bei wunder-barem Essen. Donnie erwies sich als sehr achtsamer Begleiter. Er wusste Anekdoten und Geschichten zu erzählen und ich glaube, nach dem dritten Glas Wein lächelte ich nur noch.

Als es Zeit fürs Dessertbuffet wurde, anerbot die ältere Dame uns, sich an ihren Tisch zu setzen. Es sei so schön, uns zuzusehen.

Natürlich errötete ich leicht. »Aber wir ...«

»Danke«, sagte Donnie einfach.

Ich war beschwipst und glücklich.

Die Frau stellte sich uns als Annegret Aeby vor, die mit einem ihrer Söhne reiste. Philipp, so sein Name, schien mit der Grundidee, Zeit miteinander zu verbringen, nicht warm zu werden. Er wirkte abwesend und mürrisch.

Annegret schickte ihn Nachtisch holen, Donnie schloss sich ihm an. Selbst aus der Distanz konnte ich sehen, dass auch Donnie Mühe hatte, mit ihm ins Gespräch zu kommen.

»Ich bin nicht mehr so gut zu Fuß, müssen Sie wissen.« Sie lächelte entschuldigend.

»Philipp sieht nicht gerade glücklich aus.«

»Da haben Sie wohl recht. Ist er mit Sicherheit auch nicht. Ich habe nicht endlos viel Zeit vor mir. Und erben wollen sie ja alle.«

Sie sah mich an, während sie das Weinglas vor sich hinstellte, und in ihrem Blick lag etwas Schwerfälliges, als ertrüge sie diesen Zustand, wie die Erde die Schwerkraft erträgt.

Ich musste ein eigenartiges Gesicht machen, denn sie lachte. »Aber reden wir doch über etwas anderes. Wie kommt es, dass Sie ...?«

Sie nickte in Richtung Donnie. Ich erzählte ihr von der Buchhandlung und von der überraschenden Einladung.

»Die erste gemeinsame Reise also?«

Ich nickte.

»Wie jede Blüte welkt und jede Jugend dem Alter weicht, blüht jede Lebensstufe, blüht jede Weisheit auch und jede Tugend zu ihrer Zeit und darf nicht ewig dauern.« Sie zitierte Hermann Hesse.

»Und jedem Anfang wohnt ein Zauber inne«, ergänzte ich.

Sie lächelte. »Ach, Valerie ...«

Sie legte ihre Hand kurz auf meine. Sie fühlte sich warm an. »Geben Sie sich eine Chance. Sie haben mit ihm jemand Besonderen in Ihrem Leben.«

Mir wurde warm ums Herz. Ich sah in die Richtung, in der Donnie verschwunden war.

»Wissen Sie, ich glaube an ein Leben vor dem Tod. Und ich sehe bei anderen die Möglichkeit für das Glück, das ich in meinem Leben so schmerzhaft vermisste. Und jetzt, wo bald auch meine Reise zu Ende geht ...«

»Sagen Sie so was nicht.«

Annegret lächelte gutmütig. »Ich danke dir, Liebes.«

Philipp kam allein zurück, stellte ihr wortlos einen Teller hin und setzte sich. Annegret seufzte und zwinkerte mir zu.

Und dann kam auch Donnie.

Er trug mit einer Hand zwei Teller voller süßer Versuchungen und mit der anderen zwei Gläser Prosecco.

KAPITEL 10

»Meine Damen und Herren, sehr verehrte Gäste, ich möchte Sie auf der ›MS Deliziosa‹ ganz herzlich willkommen heißen.« Der Mann hatte die Kapitänsmütze unter den Arm geklemmt und stand in voller Uniform mitten im Rampenlicht des großen Saals unter uns. Er war größer als die Crew-Mitglieder um ihn herum. Von oben erkannte ich Baeriswyl wieder, den Sicherheitschef, und auch Gabriela Binggeli, die Tanzlehrerin.

»Mein Name ist Markus Vonarburg. Ich bin der Kapitän dieses Schiffes und daher für Ihr Wohl zuständig. In meinem Vorleben handelte ich mit Büchern, bis ich die Welt kennenlernen wollte, über die ich immer las. Nun stehe ich vor Ihnen wie die Reise, die wir gemeinsam machen werden. Während ich zu Ihnen rede, steuern wir bereits das erste Juwel an. Die kroatische Stadt Zadar ist vor allem für die römischen und venezianischen Ruinen in der auf einer Halbinsel gelegenen Altstadt bekannt. Gemäß Wettervorhersage werden wir morgen einen sonnenreichen Tag dort verbringen können. Denken Sie daran, die Batterien Ihrer Kameras während der Nacht aufzuladen.«

Der Mann besaß ein natürliches Talent. Alle Passagiere hingen gebannt an seinen Lippen. Nach einer kurzen Pause stellte er seine Crew vor. Diesen Moment nutzte Philipp, um den Tisch wortlos zu verlassen. Ich sah zu Annegret hinüber, die nicht darauf reagierte.

»Und wenn Sie heute Nacht nicht wirklich gut schlafen, weil Sie zu viel und zu gut gegessen haben, dann ist das seine Schuld. Ich bin geehrt, ihn diesmal an Bord zu haben. Meine Damen und Herren, heißen Sie mit mir unseren Küchenchef Christian Durrer willkommen!«

Der Saal applaudierte. Der vorgestellte Sternekoch trat nach vorn und verneigte sich. Er war ganz in Weiß gekleidet. Seine Kochjacke zierte ein hoher Stehkragen, der ihm etwas Elegantes verlieh. Ich muss sagen, was er uns heute Abend serviert hatte, war erstklassige Kost. Mit wachsendem Interesse beobachtete ich das Geschehen unten.

Und obschon der Restaurantteil auf Deck 2 schlecht ausgeleuchtet war, erkannte ich Martina sofort, als sie plötzlich in meinem Blickfeld auftauchte. Ich machte Donnie mit einer Geste auf sie aufmerksam, während Vonarburg die Passagiere zum Abendprogramm im Theater einlud. Irgendetwas an ihrer Art sich zu bewegen, versetzte mich in Alarmbereitschaft. Waren es ihre Schultern? Ihr gesenkter Kopf, als sie durch die Reihen ging? Mir war es nicht möglich, mein Gefühl näher einzuordnen, zumal ich bereits ein Glas zu viel getrunken hatte.

Oder vielleicht auch zwei.

Ich fühlte mich jedenfalls auf eigenartige Weise gelöst und entspannt, wie schon lange nicht mehr. Einen Augenblick starrte ich auf Vonarburg, dann drang die Frage wieder in mein Bewusstsein: Wo war Lars? Und das gab mir den Impuls, nach Martina zu sehen.

Die Nacht empfing mich mit scharfer Frische, als ich auf das Pooldeck trat. Der dunkle Himmel beugte sich zu mir herab und ließ mich einen Blick auf die Sterne erhaschen. Nach dem Lärm im Saal war es hier gespenstisch ruhig. Mich schauderte. Ich schloss kurz die Augen und atmete tief durch.

Wieso bin ich auf diesem Deck?

Ich wollte nach Martina sehen. Bräuchte ich eine Auszeit, würde ich hierherkommen.

Ich öffnete die Augen, nahm den ausgeleuchteten Pool wahr, die leeren Sonnenliegen. Und jetzt? Martina war nirgends zu sehen. Langsam schlenderte ich über das Deck. Der große Bildschirm war stumm. Kein Fitnesskurs mehr. Über mir die Galerie des Magnoliendecks, die *Balconata Dorado*, wie die Reederei sie nannte. Ich hörte Geräusche oben. Aber wie konnte ich mir auch anmaßen, mit dreitausendfünfhundert Menschen an Bord einen Ort ganz allein für mich zu haben? Ich war schon froh, für diesen kurzen Moment niemanden zu sehen.

Meine Gedanken wanderten zu Donnie.

Er hatte mir den Tag gerettet. Nicht das erste Mal, wenn ich mir das recht überlegte. Es war Zeit, dankbar zu sein. Konnte ich mir ein Leben ohne ihn vorstellen? Immer weniger. Er würde mir fehlen. War das bereits Liebe?

Über die Liegestühle hinweg sah ich durch die großen Fenster das dunkle Meer. Glitzernde Spiegelungen des Mondlichts. Ich setzte mich auf denselben Liegestuhl wie am Nachmittag.

Die beiden Whirlpools funktionierten immer noch. Auf ihren gelben Sockeln leuchteten sie wie kleine Vulkane.

Meine Gedanken kehrten zu Martina zurück. Was musste in ihr vorgehen? Sie war erst wenige Zeit mit Lars zusammen.. Was würde ich tun, entpuppte sich Donnie als ganz anders als gedacht? Ein Gefühl der Enge legte sich auf meine Brust. Sie konnte nicht davonlaufen. Sie hatte keine Möglichkeit, ihm auszuweichen. Mir wurde plötzlich bewusst, dass der Wohnraum der Kabinen nur für Schönwetterreisen gedacht ist. Und die Suiten waren nicht sehr viel geräumiger als unsere Kabine, wenn das schlechte Wetter kam.

Von der Balconata oben drangen erstickte Laute zu mir. Dann ertönte ein Schrei, der mir durch Mark und Bein ging. Etwas knallte dumpf gegen die Absicherung oben. Ich duckte mich instinktiv, machte Anstalten aufzustehen.

Dann krachte der Körper mit voller Wucht auf die Sonnenliegen neben mir.

Und ich schrie auf.

KAPITEL 11

Mein Herz drohte auszusetzen. Es hämmerte hinter meiner Stirn. Mir war kalt. Ich zitterte, hielt beide Hände vor den Mund gepresst und konnte mich doch nicht entscheiden, wegzusehen. Wie lange ich so dagestanden habe, weiß ich nicht. Irgendwann nahm ich Bewegung um mich wahr. Weiße Uniformen, verschwommene Gesichter. Dann berührte mich jemand am Arm.

Ich schrie erneut auf.

»Kommen Sie.«

Ich widersetzte mich.

»Sie ist tot«, sagte ein Mann der Crew, der neben der leblosen Martina kniete. Ein anderer nickte betroffen.

Arme zogen mich vom Ort fort. Ich ließ es mit mir geschehen. Man brachte mich nach drinnen. Weitere Menschen hasteten an mir vorbei.

Und dann war Donnie plötzlich da. Er nahm mich in seine Arme und alles löste sich auf ein

Mal. Ich schluchzte ungehemmt und drückte ihn an mich.

»Lass mich nicht los«, flüsterte ich. Er antwortete nicht, strich mir sanft über die Haare. Erst als mir die Kraft zu fehlen begann, hielt er mich kurz auf Armlänge an den Schultern und sah mir in die Augen. Ich schüttelte nur den Kopf. Wieder nahm er mich in die Arme.

Das Nächste, an was ich mich erinnern konnte, war ein lebloser Raum, viel später. Er hatte eine schwarze Kaffeemaschine und eine digitale Uhr an der Wand.

Ich spürte Donnies Präsenz. Mein Kopf blieb leer. Ein Windhauch und ich zuckte zusammen. Die Tür wurde aufgestoßen. Vonarburg in Uniform, Baeriswyl und eine Frau in Zivil. Baeriswyls Gesichtsausdruck war ernst, als er die kroatische Kommissarin vorstellte.

»Ist sie …?« Ich blickte Vonarburg an. Der gab die Frage mit Blickkontakt an Baeriswyl weiter.

»Es tut mir leid«, sagte der.

»Sie ist nicht als Folge des Sturzes tot, oder?«

Baeriswyls Augenbrauen stellten eine Frage, die nicht über seine Lippen kam. Er übersetzte ins Englische. Die Kommissarin nickte. Dann erkundigte sie sich über ihn bei mir, in welcher Beziehung ich zu Martina gestanden hatte.

Hatte.

Ich antwortete. Sprunghaft kamen Bilder zurück.

Sie fragte weiter. Und dann nickte sie Baeriswyl zu.

»Das wars fürs Erste: Sie können auf Ihre Kabine zurück.«

»Sie wurde ermordet«, sagte ich leise.

Baeriswyl runzelte die Stirn. »Von dem können wir ausgehen.«

Ich schaute auf. »Der Sturz hat sie nicht getötet, oder?«

»Das können wir nicht mit Sicherheit sagen. Aber eines natürlichen Todes ist sie nicht gestorben.«

»Hat man sie ...?«

Baeriswyl blickte kurz zur Kommissarin hinüber. »Sie wurde mit einem Messer angegriffen und ist dann gestürzt.«

»Lars. Sie müssen Lars finden.«

»Welchen Lars?«

»Ihren Lebenspartner.«

Baeriswyl zeigte Unverständnis.

»Sie haben ihn gesehen. Sie teilt dieselbe Kabine mit ihm. Teilte.«

»Wir werden uns darum kümmern, Frau Birbaum.«

»Ich hab sie streiten sehen.«

Er übersetzte ins Englische. Die Augen der Kommissarin drangen durch mich hindurch wie ein warmes Messer durch Butter. Mich schauderte ab so viel Aufmerksamkeit.

»Wann war das?«, fragte Baeriswyl.

»Heute Nachmittag. Ich saß auf dem Balkon und hab sie gesehen.«

Er übersetzte.

»Gibt es sonst noch etwas, dass Ihnen aufgefallen ist?«

Ich versuchte, meine Gedanken zu ordnen. Sollte ich ihm von Lars' Wandel erzählen? Ich entschied mich dagegen und schüttelte den Kopf.

»Wie geht es jetzt weiter?«, fragte ich stattdessen.

»Sie gehen zu Ihrer Kabine und bleiben dort. Wie Sie sich sicherlich vorstellen können, werden wir die Reise nicht fortsetzen können. Das Schiff geht vor Anker, bis die Behörden uns freigeben.«

»Das verstehe ich.«

»Mit dieser Situation ist nicht zu spaßen.«

Ich lächelte schwach. Den Satz kannte ich.

Baeriswyl legte den Kopf schief.

»Alles gut«, versicherte ich ihm. Ich sah ihm aber an, dass er mir nicht glaubte.

»Ich meine es ernst. Wir haben einen Mörder auf dem Schiff. Und auch wenn niemand die ›Deliziosa‹ verlassen darf, müssen wir davon ausgehen, dass der Mörder Sie vielleicht gesehen hat.«

KAPITEL 12

Es war kurz nach sieben Uhr morgens, als es an unsere Kabinentür klopfte. Nach etlichen Stunden war ich endlich einem traumlosen Schlaf zum Opfer gefallen. Das Klopfen holte mich mit der Wucht eines ausschlagenden Pferdes zurück in mein Bett. Donnie war bereits aufgestanden und schlurfte unter Augenreiben zur Tür. Das Licht ging an. Ich blinzelte, hörte, wie er die Tür öffnete. Leise tauschte er Worte aus, die ich nicht verstand. Dann kam er zurück ins Zimmer.

»Wir haben Besuch.« Er gähnte, streckte sich und setzte sich auf sein Bett. Ihm folgte eine lächelnde Franziska Steiger mit zwei großen Tassen.

»Ach, das wär aber nicht nötig gewesen«, sagte ich und zog meine Bettdecke bis unters Kinn.

»Wer weiß schon, was nötig ist?« Sie reichte mir einen Kaffee. Er war weiß, die Tasse mit dem Logo der Rederei drauf und in Blau die Silhouette der ›MS Deliziosa‹.

»Die könnt ich aber behalten«, wandte ich ein.

»Nur zu«, sagte sie und reichte die zweite Donnie. »Wir haben noch ganze Schachteln davon im Souvenirshop.«

»Danke.« Ich prostete ihr zu. Sie setzte sich an den Bürotisch. Jetzt, wo ihr Gesicht dort im Licht des Spiegels zu sehen war, bemerkte ich die Augenringe.

»Nicht geschlafen?«, fragte ich.

Sie fuhr sich müde übers Gesicht. »Nicht schlimm, oder?« Sie sah sich im Spiegel an.

Ich schüttelte den Kopf.

»Es war eine lange Nacht. Aber wir sind vorwärtsgekommen, denke ich.«

Sie machte eine kurze Pause, nahm dann einen Plastikbeutel aus einer ihrer Taschen und warf ihn mir aufs Bett.

»Hast du den schon mal gesehen?«

Ich streckte meine Hand aus. Es war ein Ring und ich erkannte ihn sofort wieder. Einen Blickaustausch mit Donnie beantwortete ihre Frage.

»Demnach erkennt ihr ihn?«

»Das ist Lars' Ring. Also, der Ring, der eigentlich Martina gehörte, den aber Lars gestern Nachmittag trug. Wo habt ihr ihn gefunden? Wo ist Lars?«

»Wo Lars ist, wissen wir nicht. Er scheint wie vom Erdboden verschluckt. Und bis wir das ganze Schiff durchsucht haben ...« Sie biss sich auf die Lippen. »Den Ring hatte Martina in der Hand, als sie stürzte.« Sie schwieg kurz. »Sie hatte ihn immer noch in der Hand, als wir sie in die Krankenstation verschoben.«

In meinem Kopf poppten unzählige Fragen auf. Hatte Lars sie vom Balkon gestoßen?

»Was hast du gesehen, Valerie?«

Ich versuchte, mich zu erinnern. Das Deck, die Jacuzzi, Lärm oben.

»Da war jemand auf dem Deck über den Pools, als ich ankam.«

Sie sah mich erwartungsvoll an.

»Aber ich habe niemanden gesehen oder gehört. Bis Martina ...«

Steiger nickte. »Hast du sie sofort erkannt?«

»Natürlich. Sie trug dasselbe Kleid, als sie den Speisesaal verließ. Als ich sie unten durch die Reihen gehen sah, wusste ich, dass etwas nicht stimmte.«

»Wie wusstest du das?«

»Ich weiß nicht. Vielleicht ihre Art, sich fortzubewegen. Vielleicht war es reine Intuition. Keine Ahnung. Jedenfalls verspürte ich den Drang, nach ihr zu sehen.«

Ich erzählte ihr vom Apéro und dem fehlenden Lars.

»Und wieso gingst du auf das Pooldeck?«

»Wäre ich an Martinas Stelle und bräuchte ein bisschen frische Luft, würde ich dorthin gehen.«

»Aber sie war nicht da.«

Ich schüttelte den Kopf.

»Erinnerst du dich an etwas anderes?«

Ich runzelte die Stirn, aber da kam nichts mehr.

»Wie ist sie gestorben?«, fragte ich unsicher.

Steiger sah von mir zu Donnie und zurück. »Das muss aber unbedingt unter uns bleiben. Sie wollen nicht, dass diese Information publik wird.« Sie sah mich ernst an.

»Ich verspreche dir, dass wir es selbst unter Folter nicht preisgeben werden.«

Ihr Gesicht blieb ernst. »Der Arzt hat drei Stichwunden feststellen können. Eine im Bauchbereich und zwei in der Herzregion. Er sagte, es könnte sich um ein Messer handeln.«

»Und habt ihr ...?«

»Wir haben die Mordwaffe nicht gefunden.«

»Und werdet sie sehr wahrscheinlich auch nie finden. Die ist doch schon längst über Bord«, überlegte ich laut.

»Wir werden sehen.«

Erneut klopfte es an der Tür. Und wieder war es Donnie, der sich von seinem Bett erhob.

»Ja?«

»Wir haben gesehen, dass ihr schon auf seid.« Die Stimme gehörte Bernadette.

»Also, wir haben euch reden gehört«, fuhr Heinrich fort. »Und dachten, vielleicht hättet ihr Lust auf ein Scrabble vor dem Frühstück.«

»Ach, wir sind Dummerchen, Heinrich. Schau, sie haben Besuch.«

»Ach ja, Entschuldigung ...«

»Keine Sache. Danke für die Einladung«, hörte ich Donnie sagen. »Aber das ist gerade ein wenig zu früh für uns.«

»Natürlich, natürlich«, sagte Bernadette.

»Ja, das verstehen wir ganz gut. Vielleicht später?« Heinrich schien hoffnungsvoll.

»Wir werden sehen.«

KAPITEL 13

Ich schnupperte an meiner Tasse. Kaffee hilft immer.

Während Donnie duschte, wurde mir klar, dass ich an dem Zeitpunkt anknüpfen musste, als Martina uns fürs Abendessen verließ. Was war passiert, dass sie den Saal verließ? Sie musste nicht nur einer Eingebung gefolgt sein, bedenkt man die kurze Zeit zwischen dem Verlassen des Speisesaals und dem Sturz auf das Pooldeck. Wen traf sie auf dem Magnoliendeck? Sie hatte sich bisher eher in einer passiven Rolle gezeigt. Ich war mir da plötzlich nicht mehr so sicher. Und wenn Martina ihre eigenen Geheimnisse hatte?

Ich nahm mein Handy an mich.

Wo findet man denn heutzutage die meisten Informationen? In den sozialen Medien. Es war ein Leichtes, Martinas Profil zu finden. Mehr als ein Profilfoto gab es da allerdings nicht zu sehen. Sie hatte ihre Inhalte nur für Freunde freigeschaltet. Ich klickte auf die Informationen, ohne fündig zu werden. Die Liste der Freunde war gesperrt. Ich musste die Sache anders angehen. Schnell fand ich Lars und wechselte auf sein Profil. Er war weniger vorsichtig. Einen Augenblick scrollte ich durch die Beiträge. Meist geteilte Inhalte. In den Informationen fand ich neben seinem Wohnort auch seine schulische und berufliche Karriere. Als letzter Eintrag seines Werdegangs stand ›selbstständig‹.

Allerdings ohne weitere Angaben.

Ich ging in der Zeit zurück. Versuchte es beim letzten Arbeitgeber und fand ihn auch mit Internetseite. Unter der Rubrik ›über uns‹ entdeckte ich mehrere Fotos mit Personen, angefangen beim Chef. Ich scrollte nach unten.

Und da war sie. Ohne Sonnenbrille.

Sie wirkte unsicher auf dem Foto. Und ihr Name war Vanessa Schmidhäusler. Die Frau, die Lars beim Ablegen erkannt hatte, arbeitete bei seinem letzten Arbeitgeber.

Mein Kopf fügte lose Teile zusammen während Donnie im Bad seine Haare zu trocknen begann.

Ich nahm einen Schluck Kaffee und suchte Vanessa auf Facebook. Ihr Profil enthielt in letzter Zeit wenige Einträge. Vor allem Sinnsprüche, zwischen melancholisch und hoffnungsvoll. Ich ließ mich aber nicht entmutigen und setzte vor einem Jahr an. Je weiter ich zurückging, desto öfter und mehr Bilder waren von ihr zu sehen. Meist Gruppenfotos. Auf Events und Partys. Schnell hatte ich die engen Freunde identifiziert. Der Post eines Klassentreffens ließ mich genauer hinsehen. Einen der Männer erkannte ich.

»Das Bad ist frei ...« Donnie hielt mitten in der Bewegung inne. »Diesen Gesichtsausdruck kenne ich.«

Ich lächelte, stellte die Tasse auf den Nachttisch, legte das Handy daneben.

»Valerie, wir sind in Urlaub.«

»Wir sind es Martina schuldig.«

Er seufzte, sah mich mit dem Blick desjenigen an, der wusste, was auf ihn zukommen würde.

»Ich weiß, wer die Frau von gestern Nachmittag war. Lars arbeitete für dieselbe Firma. Mein Gefühl war richtig. Es gibt also definitiv eine Verbindung zwischen ihnen.«

»Das mag sein ...«

»Das kann kein Zufall sein, Donnie.«

Er schien nicht überzeugt.

Ich schwang meine Beine aus dem Bett. »Und da ist noch etwas. Ich bin bei der Frau auf ein Klassenfoto gestoßen. Etwa eineinhalb Jahre zurück. Darfst dreimal raten, wer drauf zu sehen ist.«

»Lars?«

Ich schüttelte den Kopf.

»Der Mann, der sich für den Ring interessierte?«

»Du hast eine letzte Chance.«

Donnie war überfordert. »Keine Ahnung.«

»Denk an gestern Abend.«

»Gestern Abend?«

Ich bewegte meinen Kopf hin und her, um meine Ungeduld auszudrücken.

Donnie überlegte, hob dann die Schultern.

»Philipp«, löste ich auf.

»Annegrets Sohn?«

»Genau der Philipp.«

»Aber der verließ uns doch während ...?«

»Genau.«

»Oh!« Donnie hatte begriffen.

»Und ich will wissen, warum.«

KAPITEL 14

»Bitte, Franziska.«

Sie sah mich zweifelnd an. »Ich weiß nicht. Ich muss das mit Charly besprechen.«

»Ich möchte doch nur mit der Servicekraft sprechen, die Martina gestern bedient hat.«

Franziska Steiger konnte mein zuversichtliches Lächeln nicht überzeugen. »Ich verspreche dir, sie nicht zu töten.«

Sie sah mich entsetzt an.

»War nur ein Witz. Komm doch einfach mit. Ich meine, was ist schon dabei. Vielleicht erfahren wir ja, warum Martina sich auf dem Deck befand.«

Dieses Argument konnte sie nachvollziehen.

»Sie musste ein Ziel gehabt haben, sonst wäre sie nicht so schnell dort gewesen. Ich denke, sie wusste, wen sie treffen würde. Habt ihr ihr Handy gefunden? Vielleicht ist dort etwas zu entdecken.«

»Leider nicht«, sagte die Sicherheitsbeamtin. »Wir haben weder ihr Handy noch ihre Tasche gefunden.«

»Und den Kabinenschlüssel?«, fragte Donnie.

Steiger schüttelte den Kopf. »Da unsere Crew in Schichten arbeitet, konnten wir nicht alle aus der Putzkolonne fragen, die gestern Abend Dienst hatten. Abgegeben wurde jedenfalls nichts.«

Ich überlegte kurz. »Wenn der Mörder die Tasche hat, wird er sie entsorgt haben. Habt ihr versucht, ihr Mobiltelefon anzurufen?«

»Natürlich. Aber da geht niemand ran.«

»Wir könnten es orten lassen«, schlug Donnie vor.

Steiger schüttelte den Kopf. »Dazu braucht man eine Bewilligung, die wir nur erhalten, wenn wir beweisen können, dass das Handy ausschlaggebend für die Klärung des Falles ist.«

»Fragen wir doch jetzt erst mal die Servicekraft, die Lars und Martina gestern bediente.«

Steiger biss sich auf die Unterlippe, stand dann langsam auf.

»Also gut. Wenn's nichts nützt, dann kann es nicht schaden.« Sie griff nach den Schlüsseln und informierte ihren Kollegen. Dann angelte sie sich das Telefon.

»Die Kommissarin hat sie bereits gestern Abend ausgefragt. Ich hoffe, wir müssen sie nicht wecken.«

Wir folgten ihr zu den Aufzügen.

Mit ihrem Schlüssel erreichten wir die Decks im Bauch des Schiffes, die nicht für Passagiere vorgesehen sind. Irgendwann verlor ich die Orientierung in den schmalen Fluren, sahen sie doch alle irgendwie gleich aus. Dann standen wir vor der Tür einer Zweierkabine. Zwei Betten, zwei schmale Schränke ein Tischchen und kein Fenster. Mich schauderte, wenn ich an den Luxus oben dachte.

Zwei Frauen saßen am kleinen Tisch und hörten Musik. Brasilianische Klänge. Und der Geruch von Kaffee. Der Raum war so klein, dass wir im Flur stehen blieben.

»Entschuldigen Sie die Störung, Beatriz. Es geht um den Vorfall von gestern Abend.« Steiger hatte sie in englischer Sprache angesprochen.

»Mein herzliches Beileid«, sagte Beatriz zu mir.

»Ich ...?« Ich war verwirrt.

»Sie waren doch mit der Verstorbenen beim Apéro.«

»Ja, schon, aber ich kannte sie erst seit dem Morgen.«

Steiger sah mich mit gerunzelter Stirn an.

»Wir haben Fragen zu gestern Abend«, versuchte ich mich über den peinlichen Moment zu retten. Beatriz war anscheinend eine gute Beobachterin. Steiger machte eine Handgeste, die so viel sagte wie ›nur zu‹. Ich schluckte leer.

Wo anfangen?

»Sie wissen vielleicht, dass Martina nicht allein reiste ...«

»Ja, sie war in Begleitung eines Mannes.«

»Erinnern Sie sich, wer von beiden zuerst am Tisch saß?«

»Es war ihr Mann. Ich hatte die Zeit, ihm eine Erfrischung zu servieren, bevor sie eintraf.«

»Und dann?«

»Ich verstehe nicht. Wollen Sie wissen, was sie gegessen haben?«

»Nein, nein.« Ich lächelte gutmütig. »Haben Sie während des Essens irgendetwas Ungewöhnliches bemerkt?«

»Das hat mich Ihre Kollegin gestern schon gefragt.«

»Haben Sie ...?«

Beatriz schüttelte den Kopf. »Nein, sie haben sich unterhalten und einmal sah ich sie Händchen halten.«

»Was ist dann passiert?«

»Ich weiß nicht. Als ich kurz vor der Ansprache des Kapitäns vorbeiging, saß sie allein am Tisch.«

»Sie sind eine gute Beobachterin, Beatriz. Haben Sie bemerkt, dass der Mann einen Ring trug? Einen großen meine ich … nicht ein Verlobungsring oder so.«

»Ich erinnere mich nicht. Aber was ich weiß, ist, dass er sein Handy während des ganzen Essens auf dem Tisch hatte.«

»Sein Handy?«

»Ja, und das fehlte auch, als ich sie dort allein sitzen sah.«

Die Costa Deliziosa

Hall und Aufzüge

Kabine und Balkon

Casino und Pooldeck

Restaurant und Discoteca

KAPITEL 15

»Wenn ich dafür keinen Ärger bekomme ...«

»Wieso solltest du?«

Steiger drehte sich zu mir um, bevor wir den Fahrstuhl betraten. »Das bleibt unter uns, ja?«

»Ich hänge es nicht an die große Glocke, versprochen. Immerhin wissen wir nun, dass Lars am Tisch saß und samt Handy plötzlich verschwand. Nun ist die Frage, ob Martina wusste, wo er hinging oder nicht. Und dann ist da die Frage wegen des Rings. Beatriz wäre der Ring aufgefallen, wie er dem Mann gestern im Restaurant aufgefallen ist.«

»Welcher Mann?«, fragte Steiger. Ich erzählte ihr von unserem ersten Essen an Bord und wie ich dann in Erfahrung brachte, wo der Mann seine Kabine hatte.

»Ich werde dem nachgehen. Und ihr versucht, euren Urlaub zu genießen, auch wenn wir heute nicht von Bord dürfen.«

»Das werden wir.« Donnie legte einen Arm um meine Schultern. »Nicht wahr, Valerie?«

Es gibt Menschen, die riskieren viel mit wenigen Worten. Ich zwang ein Lächeln auf mein Gesicht. »Wie der Kapitän sagte, soll es heute ja viel Sonnenschein geben.«

»Gutes Mädchen.«

Donnie zeigte sich zufrieden. Ich gab ihm einen Ellbogenstoß in die Rippen.

»Aua.«

Wir bedankten uns bei Franziska, stiegen in den Aufzug und ließen eine sichtlich perplexe Sicherheitsbeamtin zurück.

»Sie müsste den Ring bemerkt haben«, sagte ich, als sich der Fahrstuhl in Bewegung setzte.

»Es sei denn, er trug ihn gar nicht. Valerie, lass uns jetzt den Tag genießen. Es ist Zeit für ein ausgiebiges Frühstück. Was meinst du?«

Da konnte ich nichts einwenden.

»Wir sind dann wohl gut für das Frühstück für Spätaufsteher, was?«

Donnie zwinkerte mir zu. »Anstrengende Nächte rufen nach spätem Tischgang.«

Allerdings wurde uns der Zugang zum Restaurant vorerst verwehrt. Grund dafür war ein Fotoshooting von Ilona. Wir waren in der ersten Reihe, um sie beim Fenster bei einer Tasse

Kaffee posieren zu sehen. Fotos mit Hund, Fotos ohne Hund. Fotos mit Kussmund, Fotos mit verträumtem Blick aus dem Fenster. Das Ganze hatte etwas Unwirkliches, wenn man bedenkt, dass knappe zwölf Stunden zuvor jemand auf demselben Schiff zu Tode kam. Ohne sich um die anderen Passagiere zu kümmern, stolzierte die Appelwiese schließlich inklusive Hund Corona, Pagen und Fotografen im Anhang davon. Sie hinterließ ein süßes Irgendwas, das nach Apfel roch.

Nun ja, den Tisch am Fenster durften wir erben. Und dafür war ich Ilona dankbar. Auch für die innere Leichtigkeit, die das Zuschauen bei mir geweckt hat. Als man uns den Kaffee brachte, dachte ich nicht mehr wirklich an Martina.

Draußen schien eine pralle Sonne vom blauen Himmel. Die Luft war voller Möglichkeiten. Und Donnie ein hungriger Begleiter.

»En Guete zäme.« Gabriela Binggeli stand plötzlich neben uns. Sie grinste übers ganze Gesicht. »Das riecht aber köstlich hier. So nach Apfel?« Sie sah auf Donnies Teller voller Rührei und runzelte die Stirn.

»Was macht ihr beiden Hübschen denn nachher?«

Ich sah Donnie an. »Nun ja ...«

»Dacht ich's mir. Wie wärs mit einer Stunde Feelgood-Tanzen um elf?«

»Nun ja, ich tanze nicht wirklich ...«

»Dann ist es Zeit damit zu beginnen. Es soll Spaß machen, sagt man.«

»Ich weiß nicht. Es ist doch so schönes Wetter.«

»Das ist es um zwölf immer noch. Und von der Sonne scheinst du ja gestern bereits gut profitiert zu haben.«

Ich hatte ab der Tragödie meinen Sonnenbrand ganz vergessen.

»Was meinst du, Valerie? Könnte doch lustig werden.«

Donnie sah mich auffordernd an.

»Das wird es auf alle Fälle«, bestätigte Binggeli

Ich zögerte.

»Dann ist das abgemacht. Ich seh euch um elf in der Discoteca auf Deck 2. Wisst ihr, wo das ist?«

KAPITEL 16

Als wir eintrafen, hatten wir die Disco für uns. Die Musik lief bereits. Donnie nahm meine Hand und zog mich auf die Tanzfläche. Ich ließ mich auf die Musik ein. Er entpuppte sich als guter Tänzer, wusste mich zu führen und meine Ungeschicklichkeiten aufzufangen. Es gab nur noch ihn und mich und die Musik. Das war befreiend. Immer wieder sahen wir uns in die Augen. Ein Gefühl der Wärme dehnte sich in meiner Brust aus. Mein Kopf begann der Situation vorauszueilen und mir wurde heiß. Donnie lächelte, hielt meine Hand, folgte dem Rhythmus.

»Lasst euch nur nicht stören.«

Die Stimme kam aus den Lautsprechern. Als ich zum DJ-Pult sah, winkte mir eine fröhliche Binggeli zu.

Schließlich fanden sich noch drei weitere Personen ein.

Musik heilt bekanntlich alle Wunden.

Während einer Dreiviertelstunde versuchte Binggeli, uns Tanzschritte auf aktuelle Ohrwürmer beizubringen. Donnie behielt recht. Es machte Spaß. Die Sorgen der letzten Stunden verabschiedeten sich mit meinem Zeitgefühl und ehe ich michs versah, war die Lektion auch schon wieder vorüber.

Mir war heiß.

Ich hatte Durst.

Und Hunger nach Leben.

Passagiere, die Donnie und mich auf dem Weg zu unserer Kabine antrafen, mussten uns entweder für sehr verliebt oder komplett besoffen halten. Die Ernüchterung kam, als wir auf dem Ibisco-Deck aus dem Aufzug traten.

Mit einem Schlag standen wir wieder mitten in der Realität. Uns kam die kroatische Beamtin entgegen, gefolgt von Baeriswyl und Steiger. Sie hielt den Mann fest, der sich für Lars' Ring interessiert hatte. Er hielt die Hände auf dem Rücken.

»Ich habe nichts getan! Das muss eine Verwechslung sein. Mein Name ist Andreas Binz. Rufen Sie meinen Anwalt an.«

Seine Stimme klang gehetzt.

»Was ist geschehen?« Ich stellte mich resolut der Gruppe in den Weg.

»Valerie ...« Donnie versuchte, mich zur Seite zu ziehen, aber ich schüttelte seine Hand ab.

»Wir haben den Kabinenschlüssel zu seiner Nebenkabine bei ihm gefunden. Es ist Lars' Karte«, klärte mich Steiger auf.

Die Kommissarin musterte mich.

»Den Schlüssel zu Martinas Kabine?«

»Ich hab doch schon gesagt, dass ich ihn im Flur gefunden habe und ihn am Empfang zurückgeben wollte.«

»Danke für den Tipp«, sagte Steiger an mich gewandt.

Binz sah mich mit offenem Mund an. »Welcher Tipp?«

Die Kommissarin zog Binz weiter. Der drehte sich zu mir um und warf mir einen bösen Blick zu. »Ich hab nichts gemacht.«

Baeriswyl folgte und nickte uns im Vorbeigehen zu. Ihm war die Situation ganz klar peinlich.

»Ich muss dann ...«, entschuldigte sich Steiger und holte zu den anderen auf.

Ich sah der Gruppe fassungslos nach. Mein Kopf bemühte sich, die neuen Informationen in irgendeine logische Reihenfolge zu bringen.

»Das erklärt ja wohl, wie er in die Kabine eingedrungen ist«, sagte Donnie.

»Ich kapier das nicht.«

»Sie werden schon ihre Gründe haben.«

Ich schüttelte entschieden den Kopf. »Das ergibt keinen Sinn.«

»Komm, wir ...«

Da war etwas am Rande meines Bewusstseins. Ich hob die Hand, um ihn zum Schweigen zu bringen.

»Er hatte die Karte zur Kabine.«

»Ja, und?«

Ich überlegte. »Warum hätte er sie töten sollen?«

»Ich kann dir nicht folgen.«

»Überleg doch. Wir wissen, dass jemand Martinas Kabine durchsucht hat. Wieso sollte er aber Martina umbringen, wenn er freien Zugang zur Kabine hatte? Er hätte doch einfach warten können, um sie nochmals zu durchsuchen.«

»Wieso bist du dir so sicher, dass der Eindringling nicht gefunden hat, was er suchte?«

»Martina und Lars sagten, es fehle nichts«, spann ich meinen Gedanken weiter. »Und doch wurde Martina getötet. Er hat also mit Sicherheit nicht gefunden, was er suchte und wollte sie zur Rede stellen.«

»Und das ging schief.«

»Und was er suchte ...«

»... müsste also noch in der Kabine sein.«

»Oder irgendwo auf dem Schiff. Erinnerst du dich, als Martina sagte, Lars wollte noch etwas erledigen? Vielleicht hat er ja etwas in Sicherheit gebracht.«

KAPITEL 17

Ich beobachtete Familie Boss und Pokémon. Wir lagen praktisch auf denselben Liegestühlen wie am Tag zuvor. Meine Lektüre weilte immer noch in der Tasche mit der Sonnencreme. Ich hatte den Kopf nicht bei der Sache. Es war ein komisches Gefühl, den Kindern beim Spielen zuzusehen. Die Mutter versteckte sich hinter dunklen Sonnenbrillengläsern, einem tief in die Stirn gezogenen Strohhut und einem Frauenmagazin. Der Vater saß am Fußende seines Liegestuhls und versuchte, mit dem Handy Fotos der ins Wasser springenden Kinder zu machen. Die kosteten das natürlich aus, übertrumpften sich gegenseitig, und kamen mit immer neuen Sprungideen.

Eine kleine Minute Unschuld.

Wie nahe doch alles beisammen war. Das Schöne und der Schatten, das Liebevolle und der Schrecken.

Ich seufzte, wagte es aber nicht, mit meinen emotionalen Ausbrüchen den lesenden Donnie zu stören. Das erstaunte Gesicht von Binz ging mir nicht mehr aus dem Kopf. Und auch sein böser Blick nicht. Als wär das mein Fehler. Er war es doch gewesen, der sich für den Ring interessierte. Er trug Lars' Bordkarte bei sich. Aber wieso fühlte ich mich deshalb schuldig?

Ich musste unbedingt mit Steiger sprechen. Wurde Binz wegen des Rings auf Lars und Martina aufmerksam? Oder sollte ich die Tatsache, dass er ihre Nachbarkabine gebucht hat, als Zeichen für einen gut vorbereiteten Plan deuten?

Mein wandernder Blick gab sein Bestes, um mich von meinen Gedanken abzulenken. Es hatte etwas Beruhigendes, anderen beim Leben zuzusehen. Die Menschen auf den Sonnenliegen, auf dem Deck über uns. Die Musik, das Wasser. Es hatte etwas Hypnotisches. Dann plötzlich Gelächter bei der Bar. Ich sah hinüber und erkannte die Gruppe Deutscher aus dem Norden wieder, die sich zu Beginn bei Binggeli nach der zuständigen Person für Kabinenfragen erkundigt hatten. Jeder saß vor einem vollen Glas. Und jesder hatte anderer Farbe. Sorgenfrei, umschrieb die Situation wohl am besten.

Grund für die plötzliche Heiterkeit musste ein Witz gewesen sein. Die Angesprochene lachte mit. Als sie sich umdrehte, erkannte ich Vanessa wieder. Ihre Haare trug sie heute zu einem Knopf hochgebunden. Farblich bewegte sie sich in diversen Brauntönen. Sie genoss die Aufmerksamkeit, setzte sich dann in Richtung Bar in Bewegung. Ich hätte sie unter Hunderten wiedererkannt.

»Willst du was trinken?«, fragte ich Donnie.

Er sah nicht von seinem Buch auf. »Was hast du gesagt?«

»Trinken. Du. Wollen?«

Erst jetzt sah er hoch. »Äh ... was meinst du?«

»Ich hole mir etwas zu trinken.«

»Gute Idee. Ich komme mit.«

»Bleib hier. Ich besorge uns was.«

»Sicher?«

»Sicher.«

Er schien beruhigt und blätterte eine Seite weiter. Seinen Seelenfrieden wollte ich auch einmal haben.

Ich schnappte mir meine Geldbörse und VIP-Karte, streifte den Sommerrock über und folgte der Rothaarigen.

Vanessa lehnte mittlerweile am Tresen, drehte dem Barkeeper den Rücken zu und sprach mit einem blonden Mann, während sie den Pool beobachtete. Ich stellte mich neben sie und bestellte zwei wie sie. Dabei achtete ich darauf, dass sie es bemerken musste, als ich mit dem Finger auf ihr Glas zeigte.

»Die sind wirklich gut, nicht wahr?«

»Wem sagst du das. Ich werde mich in den nächsten Tagen ausschließlich von solchen ernähren«, schwärmte ich.

»Gleich zwei?« Sie drehte sich zu mir um, nahm aber die Sonnenbrille nicht ab.

Ich lachte. »Einen für mich und einen für Donnie. Wir liegen da drüben.«

Sie nickte, nahm ihr Glas zur Hand.

»Ich bin Valerie.«

»Vanessa.«

»Freut mich, Vanessa. Habe dich schon gestern gesehen, auf dem Deck beim Ablegen.«

Jetzt hatte ich ihre ganze Aufmerksamkeit.

»Und wieso erinnerst du dich an mich?«

»Wir haben gestern Martina und Lars kennengelernt …«

Ihre Körpersprache verriet, dass das der falsche Satz zum falschen Zeitpunkt gewesen war.

»Lars ... speziell.«

»Er schien dich zu erkennen.«

»Das will ich hoffen.«

»Wie meinst du das?«

»Es sollte unsere Reise werden. Und nun ist er mit einer anderen hier.«

»Du verwirrst mich.«

Sie lachte auf. »Sorry. Die Geschichte ist noch nicht so alt, als dass ich normal darüber sprechen könnte.«

»Du kennst ihn?«

»Natürlich. Wir haben zusammen gearbeitet, uns dann verliebt und dann hat er mir den Laufpass gegeben.«

»Wieso bist du hier?«

»Die Frage ist doch, wieso ist er hier.«

Der Barkeeper stellte die beiden Cocktails vor mich hin und nahm die VIP-Karte entgegen, die er durch das Kassenterminal zog.

»Vielen Dank, Valerie«, sagte er und gab sie mir zurück.

Vanessa seufzte und nahm ihre Sonnenbrille ab. »Diese Reise sollte unsere Reise sein. Dann gab er mir den Laufpass. Ich dachte, ich lasse mir meine Ferien nicht vermiesen und mache die Kreuzfahrt trotzdem. Das bin ich mir schließlich wert. Ich dachte nicht, dass er denselben Gedanken hatte.«

»Ihr wart ein Paar?«

»Kann man sich nicht wirklich vorstellen, gell?«

»Ihr wirkt sehr verschieden.«

»Das sagten uns alle während dem knappen Jahr. Ich glaubte es niemandem, bis ich es selbst entdecken musste. Kleider machen eben doch Leute. Auch heute noch.«

KAPITEL 18

Der Blonde neben Vanessa nahm seinen Cocktail und verabschiedete sich. Sein Interesse an ihr war verschwunden. Ich weiß nicht, wie viel er von unserem Gespräch mitbekommen hat. Jedenfalls verlor sie keinen Blick an ihn. Wusste sie von Martinas Tod?

»Wann hast du ihn das letzte Mal gesehen?«, fragte ich sie. Sie sah mich eingehend an.

»Warum interessiert dich das?«

Was durfte ich ihr sagen?

»Lars ist seit gestern verschwunden.«

»Was ist er?«

»Verschwunden.«

»Wie kann man denn bitte auf einem Schiff verschwinden?«

»Die Frage habe ich mir auch gestellt. Vor allem, da das Schiff vor Anker liegt.«

»Hat doch sicher mit diesem Todesfall zu tun, nicht wahr?«

»Du weißt davon?«

»Habe am Empfang was gehört. Tragisch. Da gehst du auf Kreuzfahrt und ...«

»Die Tote ist Lars' neue Freundin.«

Vanessa sah mich zuerst ungläubig an. »Das ist blöd«, sagte sie nur und nahm einen Schluck von ihrem Getränk.

»Blöd?«, hakte ich nach.

Sie zuckte mit den Schultern. »Irgendwann musste das schieflaufen.«

»Wie darf ich das verstehen?«

»Ich brauchte Monate um zu merken, dass Lars ... krank war.«

»Krank?«

»Süchtig, um genauer zu sein.«

»Drogen?«

»Schlimmer. Spielsucht. Zocken. Wetten. Pokern.« Ihr Ton war kalt und hart. »Er schuldet mir immer noch Geld. Und auch der Firma.«

»Wie viel?«

Sie musterte mich von oben bis unten. »Ist egal. Ich habe damit abgeschlossen. Und dem Rest werden sich meine Anwälte widmen.«

»Und du bist wohl nicht die Einzige?«

Sie gab mir keine Antwort, aber ihre Augen lachten über meine Naivität.

»Und hier gibt es ein Casino an Bord«, sagte ich mehr zu mir selbst. Sie drehte sich zur Bar hin, schaute dem Barkeeper bei der Arbeit zu. Er erwiderte ihr Lächeln ungeniert.

Was, wenn es an Bord noch andere Menschen gab, denen Lars Geld schuldete? Könnte das ein Tatmotiv sein? Wollte Martina ihm kein Geld geben? Musste sie dafür sterben?

»Mach dir keinen Kopf«, sagte Vanessa. »Er wird schon wieder auftauchen. Tut er immer. Hoffe, er hatte eine lange Diskussion mit seiner Neuen, als ich ihm gestern zur Beziehung gratulierte.«

»Du hast was?«

Vanessa lachte. »Bin eben auch eine kleine Hexe manchmal. Sie hat das jedenfalls nicht sehr lustig gefunden. Habe ihr meine Karte gegeben, falls sie Hilfe braucht. Die wird sie wohl nun nicht mehr benötigen.«

Die Frau hatte Nerven. Ich sah, wie Donnie sein Buch zur Seite legte und sich nach mir umsah.

»Ich glaube, dein Prinz wird ungeduldig.«

»Er ist nicht ...« Ich biss mir auf die Lippe.

Vanessa lächelte versonnen. »Schon gut. War mir eine Freude, dich kennenzulernen.«

Ich nahm meine Cocktails an mich.

Sie drehte sich wieder dem Barkeeper zu, der gerade nichts mehr zu tun hatte. Ihre Blicke führten beide zu einem Lächeln.

KAPITEL 19

Es war kurz vor fünf, als Steiger auf dem Deck auftauchte. Als sie mich aufforderte, mit ihr zu kommen, sah sie mir nicht in die Augen. Ich bin keine Körpersprachenspezialistin, aber sie wirkte distanziert und kühl, was meinen Herzschlag beschleunigte. Ich fragte sie mehrmals, was denn los sei, ohne eine Antwort zu erhalten.

»Es tut mir leid«, war alles, was sie sagte. Schweigend führte sie mich in einen Raum des Sicherheitsteams. Dort warteten bereits die kroatische Polizistin, Baeriswyl und ein junger Mann, den ich noch nie gesehen hatte, der vom Alter her aber durchaus mein eigener Sohn hätte sein können. Baeriswyl stellte uns vor und bat mich, Platz zu nehmen.

Der junge Mann hörte auf den Namen Matic und war Übersetzer von Beruf. Er würde die Kommissarin Magda Novak bei der folgenden Befragung unterstützen.

Ich sah zur Steiger hinüber, die meinen Blick spüren musste, aber nicht reagierte.

Die Kommissarin begann auf Kroatisch zu reden, Matic übersetzte.

»Sie sind Valerie Birnbaum und bewohnen Kabine 7329 mit Ihrem Freund Donnie O'Sullivan?«

Ich nickte, sah der Kommissarin direkt in die Augen. Etwas Frohlockendes hatte sich dort eingenistet, das mir nicht behagte. Sie sprach weiter.

»Wir haben im Mordfall ...« Er sah kurz auf seine Notizen. »... Martina Briefer einige Fragen an Sie.«

Ich nickte erneut.

»Wie kam es, dass Sie sich auf dem Pooldeck befanden, als Briefer zu Tode stürzte?«

Ich erklärte ihr abermals, wie es dazu kam.

»Warum gingen Sie auf das Deck und suchten nicht anderswo nach ihr?«

»Wo sollte ich denn suchen?«

Es huschte eine kurze Heiterkeit über ihr Gesicht, dann übersetzte Matic weiter. »In ihrer Kabine vielleicht?«

»Ich ... ich weiß nicht.« Ich war verwirrt.

»Ist es wahr, dass Sie Frau Steiger hier baten, mit der Servierkraft zu reden, die die beiden in der Mordnacht bediente?«

Ich bestätigte.

»Ist es auch exakt, dass Sie zugegen waren, als die Getötete ihre Kabine durchsucht vorfand?«

»Ja, das stimmt.«

»Und es waren Sie, die Frau Steiger hier auf Andreas Binz aufmerksam machten?«

Ich schluckte leer.

»Heute Nachmittag haben Sie mit einer gewissen Vanessa Schmidhäusler an der Bar gesprochen. Ist das richtig?«

Wieder bejahte ich. Was ging hier vor?

»Über was haben Sie gesprochen?«

»Ist das ein Verhör?«

»Beantworten Sie einfach die Frage.«

»Ich ... wir haben über vieles gesprochen.«

»Auch über Lars Hürner? Oder Martina Briefer?«

»Ja, haben wir«, gab ich leise zu.

»Seit wann kannten Sie Martina Briefer?«

»Wir sind uns beim Ablegen das erste Mal begegnet. Aber ich verstehe nicht ... Sie haben doch diesen Andreas Binz festgenommen, oder nicht?«

Matic warf Novak einen Blick zu, übersetzte nicht sofort. Sie hatte auch so begriffen.

Und ich plötzlich auch.

»Sie denken, ich hätte etwas mit dem Mord zu tun? Denken Sie wirklich, ich wäre auf das Pooldeck um Wache zu stehen?«

In meinem Kopf jagte ein Gedanke den nächsten. Mir wurde bewusst, wie das aussehen musste. Ich hatte mit allen Beteiligten Kontakt gehabt. Glaubte sie, ich würde Spuren verwischen wollen?

»Was ist mit Andreas Binz?«, fragte ich.

Novak wandte sich ab, Baeriswyl übernahm.

»Wir haben ihn gehen lassen.«

»Aber ich dachte ...?«

»Er hatte die Zugangskarte von Lars Hürner bei sich, aber er hat ein Alibi für die Tatzeit.«

»Ein Alibi?«

»Ja, Vanessa Schmidhäusler hat uns bestätigt, dass er den ganzen Abend in ihrer Begleitung gewesen war. Zum Zeitpunkt des Mordes sollen sie im Casino gewesen sein. Wir überprüfen das noch, da es in diesem Bereich des Schiffes Überwachungskameras gibt.«

KAPITEL 20

Als die Tür der Kabine hinter mir ins Schloss fiel, war ich emotional erledigt. Ich blieb im Eingang stehen. Diese innere Leere plötzlich. Als wäre all meine Energie im Raum bei Novak geblieben. Ich ließ meinen Blick durch die Kabine schweifen. Meine Sachen standen neben meinem Bett, mein Buch lag auf dem Nachttischchen. Donnie kam vom Balkon herein. Wortlos nahm er mich in die Arme.

»Aua!«

Er hatte nicht mehr an meinen Sonnenbrand gedacht, ließ erschrocken los. Ich zog ihn zu mir heran. Seine Arme hatten etwas Tröstliches.

Vielleicht braucht man kaputte Dinge nicht zu flicken. Es reicht manchmal schon, jemanden zu haben, der dich in die Arme nimmt und dafür sorgt, dass keines der Teilchen verloren geht.

»Die denken, ich habe etwas mit Martinas Tod zu tun.«

»Die machen doch nur ihre Arbeit.«

»Sie gaben mir das Gefühl, schuldig zu sein. Sie haben insofern recht, als dass ich mit allen Beteiligten in den letzten vierundzwanzig Stunden Kontakt hatte.«

Ich erzählte Donnie, dass sie Binz freigelassen hatten und warum.

»Er kennt Vanessa?«

»Warum meinst du?«

»Die Ex von Lars und Schulkollegin von Philipp? Die Vanessa?«

Ich nickte, befreite mich aus seiner Umarmung und setzte mich aufs Bett.

»Nochmal der Reihe nach. Lars und Martinas Kabine wird auseinandergenommen. Anscheinend kam nichts abhanden. Die Nebenkabine wird durch Binz bewohnt, der sich für Lars' Ring interessiert. Lars möchte etwas ›regeln‹. Das führt zu Streitereien beim Pärchen. Martina kommt zu Tode. Und Binz wird freigelassen, weil er als Alibi die Ex-Freundin von Lars hat, der Lars Geld schuldet?«, fasste er zusammen.

»So sieht es aus. Binz sagte, er habe die Karte im Flur gefunden und wollte sie zurückbringen.«

»Lass uns kurz innehalten.« Er fuhr sich mit den Händen übers Gesicht. »Dass alle sich auf derselben Kreuzfahrt befinden, ist doch nicht Zufall, oder?«

»Wenn man Philipp noch hinzunimmt, macht das viele Zufälle.«

»Vanessa wollte eine Auszeit.«

»Sagt sie zumindest. Niemand kann ihr beweisen, dass sie nicht wusste, dass Lars an Bord sein würde. Philipp muss seine Mutter begleiten und ist darüber wenig erfreut.«

»Von Binz wissen wir überhaupt nichts.«

»Wenn es um Geld geht und Lars der Schuldner ist, wieso wurde dann Martina umgebracht?«

»Sie befand sich im falschen Moment am falschen Ort?«, argumentierte ich vage und merkte sofort, wie klischeehaft das klang.

Donnie schüttelte den Kopf. »Soweit wir wissen, ist Lars als Erster aufgestanden und hat den Tisch verlassen. Wieso?«

»Vielleicht erhielt er einen Telefonanruf?«

»Was Martinas Unmut erklären würde. Er war ja schon einen Teil des Nachmittags abwesend gewesen.«

»Aber woher wusste sie, wo sie ihn suchen musste?«

Ich zuckte mit den Schultern. »Er hat es ihr gesimst?«

»Sie musste jedenfalls wissen, wohin sie gehen wollte. Per Zufall wählt man nicht das zehnte Deck.«

»Da bin mit dir einig.«

»Und Lars ist immer noch nicht aufgetaucht?«

»Ich habe nicht nachgefragt. Wäre er aber aufgetaucht, hätte ich es sehr wahrscheinlich erfahren. Meinst du nicht?«

Donnie antwortete nicht.

»Hat er Martina umgebracht?«, fragte ich.

»Möglich wär's.«

»Und das Messer?«

»Aus dem Speisesaal.«

»Du denkst, er hat es mitgenommen, um sie umzubringen?«

»Nicht unbedingt. Vielleicht hatte er einfach Angst.«

»Wenn er das Messer mitnahm, dann sicher auch weil er jemanden treffen würde.«

Donnie nickte. »Klingt plausibel. Zumal er sehr wahrscheinlich mehreren Personen an Bord Geld schuldet.«

»Auch Binz?«

»Ich weiß nicht. Binz interessierte sich für den Ring. Und der kam von Martina.«

KAPITEL 21

Auf das erste Klopfen antwortete niemand. Ich klopfte erneut. Dieses Mal mit ein bisschen mehr Energie. Nun hörte man Bewegung in der Kabine. Ich sah Donnie an. War das eine gute Idee?

Die Tür ging auf. Als Binz mich erkannte, wollte er sie gleich wieder schließen. Donnie kam ihm zuvor. »Einen Augenblick.«

Binz hielt inne. Donnie sah mich an.

»Ich möchte mich entschuldigen«, sagte ich und blickte dabei zu Boden.

»Danke.« Zum zweiten Mal wollte er die Tür schließen. Donnie stellte seinen Fuß in den Spalt.

»Wollen Sie nicht wissen, warum?«

Die Tür ging wieder auf. »Warum ... was?«

»Warum es dazu kam?«

Er schien Donnie nicht folgen zu wollen. In seinen Augen konnte ich Verachtung sehen.

»Warum es zu diesem Missverständnis kam?«

Binz wartete.

»Hören Sie ...«, fuhr Donnie fort, »... wir müssen wissen, was es mit dem Ring auf sich hat.«

»Dem Ring?« Binz runzelte die Stirn.

»Ja, der Ring, den Sie am Tag der Abreise im Restaurant an Lars' Finger gesehen haben.«

»Das geht dich nichts an.«

»Es tut mir leid, es geht mich wohl etwas an. Wir haben einen Mörder auf dem Schiff und meine Freundin wird nun zu den Verdächtigen gezählt.«

Er sah mich an. »Na dann ... willkommen im Club.«

»Der Ring?«, insistierte Donnie.

Binz überlegte kurz, trat dann zur Seite und ließ uns eintreten. Er warf einen kurzen Blick in den Flur, bevor er die Tür zumachte.

Abermals schrillte die Alarmglocke in meinem Kopf. Aber Binz lächelte höflich und bat uns, Platz zu nehmen. Die Suite ähnelte der von Martina und Lars. Nur achtete Binz auf Ordnung. Einige Bücher auf dem Nachttisch. Ein Notizbuch, eine angefangene Flasche Wasser. Sonst war nichts zu sehen.

»Ihr wollt also etwas über den Ring erfahren.«

»Du schienst erstaunt, ihn an Lars' Finger zu sehen.«

»Und ob.«

Einen Augenblick wägte er ab, ob er sich auf das Gespräch einlassen sollte. Dann seufzte er. »Ich beschäftige mich mit Wertgegenständen in der Geschichte. Solchen, die verloren gehen oder verschwinden. Meine Aufgabe ist es, diese aufzuspüren, und dem rechtmäßigen Besitzer zurückzubringen.«

»Und der Ring ist ein solcher?«

Er lächelte matt. »Nicht wirklich. Der Ring trägt aber das Wappen einer Familie, die ich gut kenne, da ich schon öfters für sie arbeiten durfte.«

»Was für eine Familie?«

»Das spielt keine Rolle. Aber dieser Mann gehört sicher nicht dazu.«

»Der Ring gehört auch nicht ihm. Es war ein Geschenk seiner Frau gewesen. Der Ring kommt aus ihrer Familie«, klärte ihn Donnie auf.

»Und jetzt ist sie tot«, sagte ich knapp.

Als Binz seinen Blick auf mich richtete, wurde ich nervös.

»Was ist das für eine Familie?«, fragte Donnie.

»Das Wappen gehört einer der einflussreichsten jüdischen Familien in der Schweiz.«

»Dann ist Martinas Großvater ...?« Ich sah Donnie an.

»Deshalb war Lars vielleicht auch in ihr interessiert.«

»Wovon sprecht ihr da?« Binz sah von Donnie zu mir und zurück.

»Lars hat Schulden«, sagte Donnie knapp.

»Und ist seit Martinas Tod verschwunden«, ergänzte ich überflüssigerweise.

Binz überraschte das nicht. Aber vielleicht hatte man ihn ja während des Verhörs bereits dazu befragt.

»Ich weiß nicht, wo dieser Lars ist«, sagte er.

»Woher kennst du Vanessa?«, fragte ich.

Er sah mich an. »Ich kenne sie seit gestern. Sie kam auf mich zu, sagte, wir wären Nachbarn.« Er deutete mit dem Zeigefinger nach oben. »Wenn ich das richtig verstanden habe, ist ihre Kabine gleich über meiner. Ihre ist aber kleiner.«

»Du warst bei ihr?«, fragte Donnie.

»Sie war hier?«, fragte ich.

Er nickte. »Sie wollte meine Suite sehen, warum?«

»Nur so. Und wieso hast du dich für eine Suite entschieden, wenn du doch ...?« Ich biss mir auf die Lippen. Das war frech.

Und unangebracht.

Er nahm es mir nicht übel. »Weil ich allein reise?«

Ich spürte, wie ich errötete.

»Die Reise wird bezahlt. Das gehört zu meinen Minimalanforderungen.«

Ich nickte, wagte es aber nicht zu fragen, welcher Auftrag ihn auf die ›MS Deliziosa‹ brachte.

»Und die Karte zur Kabine nebenan?«, fragte Donnie.

»Wie gesagt. Sie lag im Flur, als ich Vanessa zur Bar begleiten wollte. Ich hab sie aufgehoben und ins Zimmer gelegt.«

»War sie schon da, als Vanessa zu dir kam?«

»Als wir gemeinsam hierherkamen, meinst du?«

Ich nickte. Er überlegte kurz.

»Nein, sie ist mir erst aufgefallen, als wir das Zimmer verließen.«

»Hast du das der Kommissarin gesagt?«

»Nein, sie hat aber auch nicht danach gefragt.«

KAPITEL 22

»Hat Vanessa Martinas Kabine durchsucht?«
Donnie blickte auf das Meer hinaus. Wir saßen
auf unserem Balkönchen. Ich vermied es
tunlichst, zu demjenigen vor Martinas Kabine
hinüberzublicken.

»Der Gedanke ist naheliegend. Sie war ein Jahr
mit Lars zusammen, Zeit genug zu wissen, wie
er tickt.«

»Und wie er seine Sachen organisiert.«

»Aber wieso hat sie nicht gefunden, was sie
suchte?« Ich stolperte immer wieder über diesen
Gedanken.

»Vielleicht hat sie das ja. Nur Lars wollte es
nicht sagen. Und deshalb wollte er auch etwas
›klären‹.«

Die Theorie hatte Hände und Füße und bekam
langsam auch einen Kopf. Sie besaß seine
Handynummer, über die sie ihn anrufen konnte,
und etwas, was Lars so wertvoll war, dass er

ihrer Aufforderung Folge leisten würde. Wie passte aber nun Martina in diese Theorie? Hatte sie die beiden überrascht? Hatte sie gesehen, wer Lars anrief, bevor der das Gespräch entgegennahm? Behält man die Nummer seiner Ex gespeichert? War das ein Schlussstrich, aber mit Bleistift?

Ich sah die drei auf der *Balconata*. Lars und Vanessa, wie sie dort standen und Martina, die dazukam.

Wie viel braucht ein Mensch, um auszuticken?

»Hat sie wirklich versucht, Binz in die Geschichte hineinzuziehen? Oder war das ein glücklicher Zufall für sie?«

»Ein alleinreisender Mann in der Kabine nebenan ist doch gar kein so schlechter Zufall, meinst du nicht? Sie ist Single, attraktiv. Er hat gute Manieren, hat sich eine Suite gebucht.«

Ich dachte an die Szene an der Bar zurück. Dieser Blick, den sie mit dem Barkeeper ausgetauscht hatte. Und dann kam mir ein anderer Gedanke.

»Was wenn Lars und sie gemeinsam spielen?«

»Das ist wirklich weit hergeholt, Valerie.«

»Nein, überleg doch mal. Lars macht sich an Martina heran, um letztendlich an Geld zu kommen.«

»Wie wäre sie denn dahintergekommen?«

»Wer ist auch auf dem Schiff, kennt sowohl Lars als auch Vanessa und ...« Ich überlegte laut.

»Philipp!«, sagten wir gleichzeitig.

Wir sahen uns an.

»Philipp warnte Martina. Sie stellte Lars zur Rede.«

»Und er bringt sie um?«

»Lass es uns herausfinden.« Ich stand bereits.

»Was willst du tun?«, fragte Donnie.

»Na, was wohl? Natürlich Philipp einen Besuch abstatten.«

»Valerie, das ist keine ...«

»Papperlapapp. Ich kann nicht einfach hier herumsitzen und Wellen zählen. Entweder gehe ich allein oder du kommst mit.«

Ich sah ihm an, dass er sich mit der Idee nicht wirklich anfreunden konnte. Schließlich seufzte er. »Ich komm mit«, sagte er.

Erst im Flur fragte ich mich, wie wir Philipp finden konnten. Ich hatte keine Ahnung, welche Kabine er bewohnte, und ob wir ihn überhaupt dort antreffen würden. Es war an der Zeit, die Hilfsbereitschaft der Crew auf die Probe zu stellen.

Am Empfang sah mich die Angestellte etwas seltsam an, als ich ihr eine Geschichte von lang nicht mehr gesehenen Freunden auftischte, und fragte, welche Kabine denn Philipp Aeby habe.

Sie zögerte.

»Wir wollen nur schnell ›Hallo‹ sagen.«

Es war sehr wahrscheinlich Donnies zuversichtliches Lächeln, das sie schließlich dazu brachte, im Computer nachzusehen.

Minuten später standen wir vor Kabine 7407. Ich sah Donnie an. Uns war beiden nicht sehr wohl dabei.

Augen zu und durch.

Ich klopfte diesmal gleich energisch.

Keine Reaktion. Ich klopfte erneut.

Nichts. In Frustration versuchte ich, die Tür zu öffnen. Sie gab auch auf mein Rütteln hin nicht nach. Donnie machte mir große Augen.

Ich drehte mich um und sah eine Frau der Putzcrew mit frischen Laken auf uns zukommen.

»Alles in Ordnung?«, fragte sie.

»Ja, wir ...«, begann Donnie.

»Die Tür klemmt«, schnitt ich ihm das Wort ab.

»Alles gut«, sagte Donnie. »Wir gehen an den Empfang.«

»Ich kann Ihnen helfen.«

»Können Sie das? Das wäre aber nett.« Ich hoffte, dass sie meinen falschen Heiligenschein nicht sah.

»Keine Ursache. Die Karten tun das manchmal. Vor allem, wenn man sie mit dem Handy oder etwas Magnetischem zusammen bei sich trägt. Plötzlich verlieren sie die Programmierung.«

Die Frau trat vor und während Donnie mir in ihrem Rücken mächtige Zeichen des Nicht-Verstehens machte, schenkte ich ihr ein engelhaftes Lächeln. Sie öffnete die Tür.

»Bitte schön.«

»Danke.« Ich nahm den Türgriff in die Hand und trat ein. Donnie folgte. Er blickte zurück auf den Flur, wo die Bedienstete weiterging.

»Was soll das?«, zischte er.

»Ist doch nicht so tragisch. Wir sehen uns nur ein wenig um.«

»Spinnst du?«

»Wenn dir das gefällt, dann ja.«

Er blieb am Eingang stehen und sah sichtlich nervös durch den Spion, während ich mich aufmachte, den Raum zu inspizieren. Was erwartete ich zu finden? Wäre ich Philipp, würde ich jedenfalls keine Beweise hier aufbewahren. Es sei denn, ich fühlte mich sicher damit. Auf dem Tisch lagen Bücher und Unterlagen. Ich nahm die ersten beiden Bücher an mich. Sie handelten vom Geldinvestieren und Bitcoins. Folgten diverse Briefe, die an Philipp adressiert worden waren. Und dann lag da ein Umschlag ohne Adresse und ohne Fenster. Er war relativ dick.

Mein Herz schlug schneller.

Ich warf Donnie einen Blick zu, der ihn nicht bemerkte. Schnell nahm ich die Blätter heraus, überflog die Bögen. Ich erkannte das Logo der Firma, für die Vanessa arbeitete. Dann die Adresse von Lars. Mein Verstand versuchte, die Informationen einzuordnen. Auf der zweiten Seite merkte ich, dass es sich um einen Kreditantrag handelte. Ich blätterte bis zu den Seiten mit den Unterschriften.

Und da stand es, das Datum des Handels.

Lars hatte die Papiere am Tag der Abreise unterschrieben.

KAPITEL 23

An diesem Abend fühlte ich mich zum ersten Mal nicht mehr sicher an Bord.

Wenn die Kommissarin durch mein Verhalten auf mich aufmerksam geworden war, konnte das der Täter durchaus auch.

Und das bekannte Problem mit erschlichenen Informationen ist, dass man sie nicht einfach weitergeben kann, ohne auch zu erklären, wie man an sie kam. Wenn ich Novaks Verdächtigungen mich betreffend nicht noch mehr Zündstoff geben wollte, musste ich diskret vorgehen. Keine Wellen mehr.

Welche Möglichkeiten blieben mir?

Wir wussten nun, dass Philipp für Vanessas Firma Geld verlieh. Wem gehörte die Firma eigentlich? Ich googelte. Wie praktisch das doch war. In Sekundenschnelle hatte ich den Eintrag im Handelsregister. Dass es sich dabei um Annegret Aeby handelte, ließ mich nachdenklich zurück. Wie weit konnte man gehen, um sein Geld wieder zurückzubekommen? Oder denjenigen einzuschüchtern, der einem Geld schuldete? ›Erben wollen sie alle‹, hatte sie gesagt. Anscheinend brauchte Philipp das Geld gar nicht wirklich, wenn ich den Dokumenten Glauben schenken durfte. Er verdiente gutes Geld, indem er seines anderen zur Verfügung stellte. Das funktionierte natürlich nur, solange die andere Person es auch zurückzahlte.

Inklusive Zinsen und Zinseszinsen.

Von Philipp wanderten meine Gedanken zu Vanessa, deren Spiel ich nicht wirklich durchschaute. Ihre Art, wie sie mit Binz umgegangen war, nur weil er eine Kabine in Lars' Nähe hatte, mahnte mich zur Vorsicht. Aber vielleicht bildete ich mir auch da nur etwas ein. Kannte Annegret Aeby denn Vanessa? Mit Sicherheit, wenn die für ihre Firma arbeitete.

Und dann war da Lars, der sowohl Vanessa als auch Philipp Geld schuldete. War er mit Martina zusammengekommen, weil sie einer reichen Familie angehörte? Oder war das nur der ursprüngliche Plan gewesen? Hatte er die Rechnung ohne die Liebe gemacht, die er für sie empfand? Wusste er, dass Vanessa an Bord sein würde?

Mich schauderte plötzlich.

Und wenn Vanessa nur da war, weil er ihr versprochen hatte, das Geld während der Kreuzfahrt aufzutreiben? Hat er deswegen bei Philipp den Kredit aufgenommen?

»Ich frage mich …«, holte mich Donnie aus meinen Gedanken zurück. Er legte sein Buch zur Seite, bevor er weitersprach. »Ich frage mich, wie Martina an diesem Abend zu ihrem Ring kam.«

»Darüber habe ich noch gar nicht nachgedacht.«

Donnie hatte recht. Obwohl ich nicht auf den Ring geachtet habe, als sie den Speisesaal verließ, so war es unwahrscheinlich, dass sie ihn dabeihatte. Wieso auch?

Donnie sah mich lächelnd an.

»Was ist?«, fragte ich perplex.

»Du kommst zur gleichen Schlussfolgerung wie ich.«

»Aha. Und die wäre?«

»Jemand gab ihr den Ring zwischen dem Moment, wo sie das Restaurant verließ, und dem Moment, wo sie abstürzte.«

»Aber wer außer Lars kann ihr den gegeben haben?«

»Wenn ich davon ausgehe, dass Martina uns die Wahrheit sagte und keine Ahnung von Lars' Geldproblemen hatte ...«

»... wäre der Ring ein Beweis für seine Falschheit, dem Martina Glaube schenken würde. Denn der Ring trifft sie ganz persönlich.«

Mir wurde ganz warm. »Philipp?«

Donnie nickte bedächtig. »Wir haben keine Beweise, aber die Kreditanträge würden für ihn sprechen.«

»Ein Ring als Pfand?«, fragte ich.

»Vielleicht nicht nur ein Ring. Lars' Handy auch.«

»Wieso das Handy?«

»Du wirst mich vielleicht für verrückt halten. Aber wie wusste Martina, wo sich Lars befand?«

»Philipp hat ihr eine SMS geschickt.«

»Und zwar von Lars' Handy aus.«

KAPITEL 24

Das war alles schön und gut. Aber wir hatten nichts in der Hand. Auf meine Frage, ob man Martinas Handy gefunden habe, winkte Steiger ab. Sie durfte uns keine Auskunft mehr geben. Auch von Lars fehlte etliche Stunden nach Martinas Tod noch jede Spur. Im Laufe des Nachmittags kam ich zum Schluss, dass Martina vielleicht nicht nur den Ring, sondern auch Lars' Handy erhalten hatte. Das würde erklären, warum man Lars nicht fand. Wo ihre Tasche geblieben war, blieb ein Rätsel, das sehr wahrscheinlich der Meeresgrund nun hütete.

Als wir am Abend zu unserem Tisch kamen, ergänzte eine Servicekraft gerade das Besteck am Nebentisch. Annegret Aeby und Sohn Philipp saßen bereits da. Auch bei ihnen schien die Stimmung nicht sonderlich gut zu sein. Philipp machte keine Anstalten zu lächeln, seine Mutter machte gute Miene zum bösen Spiel.

Ich lenkte mich ab, indem ich den Saal ein Stockwerk tiefer beobachtete. Donnie war voller Achtsamkeit mir gegenüber, respektierte mein Schweigen und gab sein Bestes, um mich dort aufzumuntern, wo der Wein kläglich versagte. Als dann auch noch Christian Durrer, der Sternekoch, höchstpersönlich durch die Reihen ging, um sich Rede und Antwort zu stellen, war meine Laune definitiv im Keller.

Wie konnte das Leben einfach so weitergehen?

Alles änderte sich, als ich den Blick auf eine vertraute Person werfen durfte. Beatriz sah in ihrer Uniform gut aus. Sie trug mehrere Teller auf einem Arm, räumte Geschirr ab, schenkte Wein ein. Ich beneidete sie für die Anmut, die sie ausstrahlte. Einmal mehr konnte ich fast physisch spüren, was für einen Knochenjob sie machte. Ihre Unterkunft kam mir wieder vor Augen. Wie eng und klein diese doch war. Und fensterlos. Aber vielleicht brauchte es das ja gar nicht. Nach einer langen Schicht wollte man nur noch schlafen.

»Ich komme gleich wieder«, sagte ich und ließ einen überraschten Donnie zurück. Dass ich den Tisch verließ, bemerkte auch Annegret Aeby, deren Blick ich in meinem Rücken spürte, als ich den Saal verließ.

Beatriz erkannte mich sofort wieder.

»Wie kann ich Ihnen heute helfen?«, fragte sie zuvorkommend.

»Ich habe eine kurze Frage.«

»Was möchten Sie denn wissen?«

»Was haben Lars und Martina gegessen?«

Beatriz war verwirrt.

»Gegessen?« Sie schüttelte den Kopf. »Ich weiß es nicht mehr genau.«

»Oder andersherum gefragt. Mussten Sie den beiden etwas zusätzlich bringen? Wie spezielles Besteck zum Beispiel?«

Sie begriff meine Frage zwar nicht, versuchte aber, sich zu erinnern.

»Jetzt, wo Sie es sagen. Ja, der Herr wollte ein Steak und da habe ich ein Steakmesser gebracht.«

»Und war das Messer noch da, als sie den Tisch abräumten?«

»Ich hab den Tisch nur teilweise abgeräumt.«

»Nicht so schlimm. Andere Frage. Hatte die Frau eine Handtasche bei sich?«

»Ich glaube, ja.«

»Aber am Schluss haben die beiden nichts liegen lassen, oder?«

»Nicht dass ich wüsste.«

Ich nickte kurz und blickte nach oben. Donnie sah zu mir herunter. Aber auch Philipp hatte ein Auge auf mich geworfen.

»Wann haben sie den Tisch abgeräumt?«

»Ich wartete eine Weile, bevor ich es tat. Falls sie wieder zurückkommen würden.«

»Wieso dachten Sie denn, sie würden zurückkommen?«

»Sie haben nicht alles aufgegessen.«

»Vielen Dank, Beatriz. Sie waren mir eine große Hilfe.« Ich lächelte.

»Aber gern.«

Während ich den Saal verließ, kreisten meine Gedanken um das Messer. Hatte Lars es mitgenommen? Wenn ja, musste er mit einer Auseinandersetzung gerechnet haben. Aber Gelegenheit macht bekanntlich Diebe. Würde Martina noch leben, hätte er das Messer auf dem Tisch gelassen?

Ich brauchte definitiv eine Auszeit.

Und ganz viel frische Luft.

Diese ganze Geschichte ging mir mehr zu Herzen, als mir lieb war. Ich musste schleunigst eine Distanz zu meinen Gefühlen bekommen, ehe sie mich mit Haut und Haaren verschlangen.

Deck 10 empfing mich menschenleer und das war mir nur recht. Es war frisch geworden. Die Lichter schienen wie am Vorabend. Meine Schritte lenkten mich unbewusst zur *Balconata*.

Die Stelle, an der Martina abstürzte, war nicht zu übersehen. Eine Holzplatte ersetzte nun das zerbrochene Glas. Ich sah nach unten auf den Pool, dort, wo Martina zu Tode kam. Nichts erinnerte mehr an den Vorfall. Zwei knutschten im Halbschatten auf den Liegen. Ich beneidete sie ein wenig dafür.

Ich wandte mich ab, sah durch die hohen Glasfenster aufs Meer hinaus. Gedankenverloren machte ich einige weitere Schritte, kam wieder zur Stelle zurück. Die Unruhe in mir ließ meine Gedanken vorbeiziehen, ohne sie wirklich wahrzunehmen. Ich wartete geduldig, bis der Sturm sich in mir legte, lehnte mich gegen die Balustrade.

Es begann in meinem Nacken.

Das Gefühl der Kälte. Binnen Sekunden schauderte mir der ganze Rücken. Instinktiv drehte ich mich um.

Und da stand sie im Halbschatten des Daches. Sie hatte einen Gehstock dabei.

»Eine durchaus tragische Geschichte«, sagte Annegret Aeby. Das blasse Licht erhellte ihr

Gesicht erst, als sie einen ersten Schritt auf mich zukam.

KAPITEL 25

Einen Augenblick blieb sie neben mir stehen, blickte nach unten.

»Weißt du, Valerie, ich glaube an verpasste Chancen und an unsere Fähigkeit, im Leben die richtigen Entscheidungen zu treffen.«

Sie schwieg kurz. »Das Problem ist nicht die Entscheidung an sich, sondern weshalb man sie fällt. Aus einem Drang oder einer Abhängigkeit heraus, schaffen sie selten gute Voraussetzungen. Glück ist manchmal weder das Ziel noch der Weg. Manchmal ist Glück das, was der Weg aus uns macht.«

Aus den Augenwinkeln nahm ich eine Bewegung wahr. Als ich den Kopf drehte, stand Philipp da. Wie lange er sich schon auf dem Deck aufhielt, konnte ich nicht sagen. Ich erschrak allemal.

»Ich weiß, dass Sie in Philipps Kabine waren.«

Mir wurde wieder kalt. Ich hatte keine Möglichkeit, der Situation zu entkommen. Philipp versperrte mir den Zugang zu den Aufzügen und Treppen. Die andere Richtung war eine Sackgasse.

»Was erhofften Sie sich, dort zu finden?«, fragte Aeby leise.

Meine Gedanken schossen in alle Richtungen, eine Antwort kam mir aber nicht über die Lippen. Sie lächelte nachsichtig. »Philipp hat nichts mit dem Tod der Frau zu tun. Wie ich sagte, ein tragisches Versehen.«

Versehen?

»Man wird Philipps Fingerabdrücke nicht auf dem Messer finden.«

»Aber die SMS ...«, wagte ich einzuwenden.

Sie sah mich belustigt an. »Wenn's mir recht ist, wurde die von Lars' Handy aus gesendet.«

»Wo ist das Handy jetzt?«

»Keine Ahnung, wo Martina es hingetan hat.«

»Sie hatte den Ring und das Handy?«

Aeby zuckte mit den Schultern. »Ist das wichtig?«

»Aber die Verträge in Philipps Kabine ...«, fragte ich entgeistert.

»Welche Verträge?«

Ich biss mir auf die Lippen. »Philipp hat mit Martina gesprochen, ihr den Ring gegeben.«

»Er hat sie gewarnt.«

»Gewarnt?«

»Sie musste wissen, wie es um Lars steht.«

»Warum?«

»Weil wir das unter uns tun.«

»Unter uns?«

Sie antwortete nicht. Auch so begriff ich, was sie damit meinte. Ich gehörte nicht zur selben Welt.

»Es tut mir leid für Ihre Freundin.«

Mir kamen Tränen hoch.

»Aber wieso?«

»Im Grunde ist doch die Frage, was ist gut und was ist es nicht. Eine Frage der Perspektive. Ist es der Mensch, der etwas verkauft? Ist es derjenige, der es unbedingt haben will? Oder ist es das, was verkauft wird?«

Sie schwieg einen Augenblick. »Aus meiner Sicht helfen wir Menschen aus finanziell prekären Situationen, indem wir ihnen die Mittel ausleihen, die wir im Überfluss besitzen. Ein Akt der Solidarität also.«

Ich wischte meine Tränen von den Wangen.

»Damit kann man doch nicht ...?«

»... einen Mord rechtfertigen?« Sie sah mich versonnen an. »Nein, kann man nicht. Tun wir auch nicht. Wie schon gesagt. Philipp hat mit dem Mord nichts zu tun. Und ich auch nicht.«

»Wer dann?«

»Das wissen Sie bereits selbst, Valerie, oder nicht?«

Ich horchte in mich hinein. Aber da war nur eine gähnende Leere. Und eine brodelnde Wut. Es hätte Lars treffen sollen, nicht Martina.

Aeby nickte. »Zufriedene Menschen haben nie die Welt vorwärtsgebracht. Es waren immer die Wütenden, die Unzufriedenen, die Suchenden wie Sie.«

»Sie haben Lars abhängig gemacht.«

»Er hat sich abhängig gemacht, hat ›Haben‹ mit ›Sein‹ verwechselt. Er hat entschieden, alles zu riskieren. Ein Irrtum, der ihn viel gekostet hat. Aber wissen Sie, Erfolg ohne Selbstrespekt ist ein leerer Sieg.«

Ein leerer Sieg?

»Warum sagen Sie mir das?«

»Weil ich Sympathien für Sie habe, Valerie. Ich erkenne mich in Ihnen wieder. Sie erinnern mich an die kleine Annegret. Diese Eigenwillige, dieser Sinn für Gerechtigkeit, das Rebellische ... und das berührt mich.«

Ich atmete tief durch. Die frische Luft brannte in meinen Lungen.

»Aber ich bitte Sie, lassen Sie die Dinge so geschehen, wie sie geschehen müssen. Und haben Sie vertrauen. Manche Kämpfe kann man nicht gewinnen. Nicht immer.«

KAPITEL 26

»Hast du geweint?«, fragte Donnie, als ich mich wieder setzte. Der Nachbartisch stand verlassen da. Und doch sah ich Annegret dort sitzen. Ihre Worte wollten mir nicht aus dem Kopf. Donnie ließ nicht locker, bis ich ihm erzählte, was vorgefallen war.

»Wir müssen zu Steiger damit«, sagte er.

Ich winkte ab. »Ich hab nicht die Kraft dazu.«

»Aber ...?«

»Du hast immer gesagt, wir sollen sie ihre Arbeit machen lassen.«

»Hat man dir gedroht?«

Ich schüttelte den Kopf. »Ich bin nur müde. Und ich denke an Martina. Und ich denke nicht, dass wir den Aebys irgendetwas nachweisen können.«

Donnie schwieg, sah in den mittlerweile halbleeren Saal hinunter.

»Ich möchte in die Kabine zurück.«

Ich kippte den Rest meines Weines hinunter, als wär es Wasser. Er schmeckte bitter.

Dann stand ich auf.

Er legte auf dem Rückweg einen Arm um meine Schulter, fragte nicht weiter nach. Und dafür war ich dankbar.

Ohne mich groß auszuziehen, ließ ich mich auf mein Bett fallen und zog die Decke bis unters Kinn. Der Schlaf übermannte mich fast sofort.

In der Nacht schreckte ich hoch.

Donnie schnarchte leise. Alles war dunkel. Er hatte die Vorhänge vor das Fenster gezogen. Erst nach einigen Augenblicken, als sich mein Herzschlag wieder beruhigte, merkte ich, dass das Schiff sich wieder bewegte. Ich spürte in die leise Vibration hinein, bis ich wieder einschlief.

Das zweite Mal, dass ich in dieser Nacht erschrocken hochfuhr, war, als es an die Kabinentür klopfte. Donnies Schnarchen verstummte. Hatte ich mir das etwa nur eingebildet? Ich horchte in die Stille hinein.

Dann klopfte es erneut.

»Valerie? Donnie?«, fragte eine bekannte Stimme.

Donnie hatte sich aufgesetzt. Wir sahen uns an. Mein Handy zeigte halb drei. Ich schüttelte den Kopf, stand auf und machte Steiger die Tür auf.

Das grobe Licht des Flurs ließ mich blinzeln.

»Ja?«

»Es tut mir leid, wenn ich euch stören muss.«

»Was gibts?«

»Wir brauchen dich, Valerie.«

»Mich?«

»Ich erklär es dir auf dem Weg.«

Verunsichert blickte ich zu Donnie. Er hatte sich bereits eine Jeans übergezogen und kämpfte mit den Ärmeln eines langarmigen Sweatshirts.

»Gib uns eine Minute, ja?«

Sie nickte. Behutsam schloss ich die Tür wieder. Während Donnie sich fertig anzog, machte ich einen kurzen Ausflug ins Badezimmer. Das Licht hier schmeichelte mir in keiner Weise. Ich sah müde aus.

Minuten später begleiteten wir Steiger durch die leeren Flure.

»Was ist passiert?«

Steiger wich meiner Frage aus. Ein beklemmendes Gefühl machte sich in mir breit, als wir die Räumlichkeiten der Sicherheitsabteilung betraten. Steiger führte uns zum kleinen Raum, in dem ich schon einmal sitzen musste.

Auch diesmal war es Magda Novak, die kroatische Kommissarin, die ich beim Eintreten als Erste sah. Wie beim letzten Mal ließ sie sich nichts anmerken.

Und dann fiel mein Blick auf Lars.

KAPITEL 27

»Nehmen Sie bitte Platz«, sagte Novak in einem sehr verständlichen Englisch. Wieso hatte sie das letzte Mal einen Übersetzer dabeigehabt? Dann erinnerte ich mich daran, wie Baeriswyl beim ersten Treffen meine deutschen Antworten übersetzt hatte. Ich begann Einzelheiten zu vergessen.

Und das verwirrte mich.

Um den Tisch war nur noch ein Stuhl frei. Und so setzte ich mich Lars gegenüber. Donnie und Steiger blieben bei der Tür stehen.

»Wie Sie sicherlich festgestellt haben, fährt das Schiff wieder«, sagte die Kommissarin. »Wir sind unterwegs nach Dubrovnik.«

Als würde das alles erklären.

»Sie fragen sich sehr wahrscheinlich, weshalb ich Sie rufen ließ.«

Sie machte eine Pause.

»Herr Hürner hier wollte Sie sprechen.«

Lars zuckte bei seinem Namen zusammen. Er sah auf seine Hände, hatte noch keinmal aufgeblickt.

»Warum?«, sprach ich ihn direkt an.

Lars wand sich unter seinen Gedanken, wie eine Schlange sich der alten Haut zu entledigen versucht. Erst nach einer Weile nahm er geräuschvoll Atem.

»Es war ein Unfall.«

»Was war ein Unfall?«, hakte ich nach.

»Martinas Tod.« Tränen rannen ihm über die Wangen. Er machte keine Anstalten, sie wegzuwischen. »Es war ein dämlicher Unfall.«

»Ich verstehe nicht ...«

»Du musst mir helfen.«

»Ich?«

Er atmete geräuschvoll aus.

»Ich wollte sie nicht ...«

»Was ist geschehen, Lars?«

»Sie hatte ein Messer dabei.«

»Sie hatte ein Messer dabei?«

Er nickte. »Es ist alles meine Schuld.«

Ich versuchte, Ordnung in meine Gedanken zu bringen.

»Schön von vorn, ja? War es Philipp, der dich angerufen hat?«

Lars nickte.

»Lass mich raten. Er bestellte dich auf Deck 10. Wusstest du, warum?«

Lars schüttelte den Kopf.

»Er wollte eine Garantie für den Kreditantrag. Und du gabst ihm den Ring.«

»Ich hätte das nie tun dürfen.«

Ich überlegte kurz. »Dann wolltest du ihn wiederhaben.«

»Ja, aber er lachte nur. Ich bot ihm mein Handy für den Ring an.«

Ich schwieg, sah zu Novak hinüber, die unserem Austausch interessiert folgte, obwohl sie sehr wahrscheinlich nichts davon verstand, redeten wir doch auf Deutsch miteinander.

»Und dann hatte er den Ring und das Handy. Er sagte, ich bekäme es erst zurück, wenn er das Geld hätte.«

»Was für Geld?«

»Ich hatte bereits einmal bei ihm Geld geliehen.«

»Und doch hat er dir wieder vertraut?«

Lars nickte.

»Und was wolltest du mit dem Geld?«

»Ich wollte einen Schlussstrich ziehen. Im Casino hier. Und dann Vanessa zurückzahlen. Und auch Philipp.«

»Philipp aber hat Martina eine SMS gesandt.«

Zum ersten Mal sah er mich direkt an. Diese Tatsache war ihm eindeutig fremd.

»Was ist dann geschehen?«, fragte ich.

Seine Lippen bebten. Die Anspannung war spürbar. Tränen kullerten über seine Wangen. Ich spürte, wie viel Energie ihn das Gespräch kostete. Er war erschöpft.

»Ich wollte das mit dem Ring und dem Handy nicht auf mir sitzen lassen und bin zurück. Und da standen sie. Ich habe mich versteckt, sah, wie Philipp Martina den Ring und das Handy gab. Meiner Martina. Und dann verschwand er. Einfach so. Ich verstand die Welt nicht mehr.«

»Du hast sie zur Rede gestellt?«

»Dazu kam es erst gar nicht. Als ich mich zeigte, ging sie auf mich los. Sie war aufgebracht, wütend, enttäuscht, dass ich den geschenkten Ring ...« Lars durchlebte abermals die Situation. Er zitterte, seine Gesten wurden fahrig. Er legte beide Arme auf den Tisch.

Ich gab ihm einen Moment, um sich zu sammeln, blickte zu Novak hinüber. Die Kommissarin hatte sich nicht mehr geäußert, geschweige denn in das Gespräch eingegriffen. Mit einmal wurde mir bewusst, wieso sie mich rufen ließ. Ich machte hier ihre Arbeit. Sie nutzte

Lars' Vertrauen in mich aus, um ein Geständnis zu erhalten.

»Sie wollte sich nicht beruhigen. Und dann zückte sie das Messer.«

Er sah auf seinen linken Arm. Ich nahm behutsam seine Hand und schob den Pullover etwas nach hinten. Die Schnittwunden mussten wehtun.

»Ich wollte ihr doch nur das Messer aus der Hand nehmen.«

Ein Schweigen senkte sich über den Raum. Es war, als löste sich die ganze Situation auf einmal, jetzt, wo die Worte endlich ausgesprochen worden waren.

»Und deswegen hast du dreimal zuge-stochen?«

KAPITEL 28

Dubrovnik hat gleich mehrere Häfen. Neben einem für Yachten, dem eigentlichen Stadthafen, gibt es auch den Handelshafen Gruz, in dem die Kreuzfahrtschiffe anlegen.

Zuerst ließ man die abenteuerlustigen Feriengäste von Bord. Ich beobachtete, wie sich kleinere Gruppen in der antiken Hafenpromenade mit den eindrucksvollen Verteidigungsanlagen zu verlieren begannen.

Am Empfang waren große Poster aufgestellt worden, die die Stadt als ›Athen Kroatiens‹, als ›Perle der Adria‹ priesen. Natürlich konnte man den Städterundgang gegen Aufpreis dort auch direkt buchen.

Und dann führten sie Lars ab. Zwei Polizisten in Uniform begleiteten die Kommissarin.

Weder die Aebys noch Vanessa waren auf dem Deck zu sehen. Novak blickte hoch, musterte die Decks, entdeckte mich und nickte kurz.

Dann betrat Lars kroatischen Boden. Ein Streifenwagen stand bereit. Menschen blieben stehen, einige zückten ihre Handys. Minuten später folgten Männer in Schwarz mit einem geschlossenen Sarg. Auch sie fuhren fort, sobald Martina im schwarzen Fahrzeug lag.

Das war's also.

Donnie legte mir den Arm um die Schulter. »Was würde dir jetzt Freude bereiten?«

Freude?

»Wollen wir uns doch noch ein bisschen etwas von der Stadt ansehen? Vom Hafen aus ist die Altstadt nur drei Kilometer entfernt.«

Ich spürte, dass Donnie wirklich Interesse daran hatte. Meinetwegen würde er aber drauf verzichten.

Ich konnte ihm das nicht antun.

»Ich glaube, das wäre schön«, sagte ich.

Ein Lächeln breitete sich auf seinem Gesicht aus. »Nur die historische Altstadt. Na ja ...«

»Was?«

»Und vielleicht den einen oder anderen Drehort von ›Game of Thrones‹?«

Ich lächelte sanftmütig. »Wieso auch nicht.«

Zurück in der Kabine hatte ich einen Anruf meiner Mutter in Abwesenheit. Mir schwante Böses und so rief ich sofort zurück.

»Ist alles in Ordnung?«, fragte ich sie besorgt, als sie beim zweiten Klingeln abnahm.

»Und wie ist es, ihr Matrosen?« Sie überging meine Frage. Ihre Stimme strotzte vor Energie.

»Alles gut, Mutter. Wir sind in Dubrovnik.«

»Ich weiß, Schätzele. Du musst unbedingt den Rostata probieren.«

»Den was?«

»Rostata ... Rotata ... ach, wie auch immer. Nimm den Karamellpudding.«

»Woher weißt du das?«

»Ich habe mir einen Reiseführer bestellt.«

»Von Dubrovnik?«

»Lass mal sehen ... also von Dubrovnik, Korfu Stadt, Bari, Zadar und Triest. Und dann noch ein Buch über Kreuzfahrten und dann war da noch dieses schöne Kochbuch, das mich angelacht hat, und ...«

»Mutter! Du sollst Bücher verkaufen, nicht einkaufen.«

»Wird schon wieder. Aber sag mal, wie isses denn?«

»Gut.«

»Ich fühle mich, als wäre ich bei dir, wenn du mir das so erzählst.«

»Gell? Nun ja, wir haben Wellen, Strand und Sonnenbrand.«

»Ich hab dir doch gesagt, du sollst dich eincremen!«

»Es ist schön, dich zu hören, Mutter.« Dass ich dabei lächelte, konnte sie ja nicht sehen.

»Jetzt werd nicht gleich sentimental, Kindchen. Und wie läuft's mit ...?«

Ich wagte einen kurzen Seitenblick. »Ganz gut.«

»Willst du mir vielleicht etwas sagen?«

»Nicht wirklich.«

Sie seufzte am anderen Ende der Leitung. »Wie hab ich dich nur erzogen?«

»Hab dich auch lieb, Mutter.«

EPILOG

Ab dem Tag in Dubrovnik aßen wir nie mehr im großen Restaurant, sondern profitierten von der Vielzahl anderer Möglichkeiten, die das Leben an Bord der *Deliziosa* so abwechslungsreich gestalteten. Um das Bordcasino machten wir tunlichst einen großen Bogen.

Baeriswyl und Steiger fanden weder Martinas Tasche noch das Messer wieder. Es stellte sich aber heraus, dass das Werkzeug sehr wahrscheinlich nicht auf Deck 2 fehlte, wo Martina und Lars gegessen hatten, sondern auf Deck 3, wo man uns einen Tisch zugewiesen hatte.

Und wo auch Aebys zu Abend aßen. Was mir die Frage beantwortete, wieso eine Frau wie Martina ein Messer auf Deck 10 mitnehmen sollte, als sie die SMS von Lars erhielt.

Ich kratzte allen Mut zusammen und konfrontierte Annegret Aeby mit der Tatsache. Sie zuckte nur die Schultern. »Eine jede Frau sollte sich verteidigen können«, sagte sie nur und aß ihr Dessert weiter.

Auch Lars' Handy kam nie mehr zum Vorschein. Lars sagte zwar aus, als Martina stürzte, habe er das Messer fallen gelassen und sich von Panik getrieben einfach versteckt.

Jemand muss also nach ihm sauber gemacht haben. Ich drängte Steiger, dem nachzugehen, aber der Fall war schon nicht mehr in ihrer Obhut.

Von Lars hörte ich nie mehr etwas.

Ich bin zwar immer noch kein Fan von Kreuzfahrten, aber die restlichen Tage an Bord waren besser, als ich mir das hätte aufgrund der Ereignisse der ersten vierundzwanzig Stunden vorstellen können. Gebührendem Dank sei hier der ganzen Crew gegeben, die alles dafür tat, dass wir uns wohl fühlten. Und sicher.

Und ja, der Koffer ist immer noch gleich schwer, wenn man von Bord geht wie vorher. Die Kleider darin sind ja immer noch dieselben. Was sich geändert hat, sind nicht die Dinge.

In diesem Punkt muss ich Annegret Aeby recht geben. Es ist nicht der Weg und auch nicht das Ziel.

Es ist, was der Weg aus uns macht.

Valerie Birbaum ermittelt
auch in ...

Pizza, Pasta
u Zipfuchappa

Jean-Pascal Ansermoz wurde im September des Jahres 1974 in Dakar (Senegal) geboren. Erst Anfang der Achtziger kam er in die Schweiz zurück, schloss seine Schulzeit mit dem Abitur in Basel ab, bevor er in Lausanne sein Studium in Angriff nahm.

Er ist einer, der mit Leichtigkeit über den Röschti-graben springt, schrieb er doch bis 2009 nur in französischer Sprache. Weltenbürger, Romand und Deutschschweizer in einem: ein Autor mit Hang zum Kriminellen aber auch zu Poetischem, Literarischem, Alltäglichem und Besonderem.

Er lebt als freischaffender Autor in Düdingen (CH).

www.jeanpascalansermoz.ch